· 说春秋道战国系列历史小说 ·

易水悲风·刺客荆轲

复旦大学 吴礼权 著

暨南大学出版社
JINAN UNIVERSITY PRESS

中国·广州

图书在版编目（CIP）数据

易水悲风：刺客荆轲／吴礼权著．—广州：暨南大学出版社，2014.4
（说春秋道战国系列历史小说）
ISBN 978－7－5668－0581－2

Ⅰ．①易…　Ⅱ．①吴…　Ⅲ．①长篇历史小说—中国—当代
Ⅳ．①I247.5

中国版本图书馆 CIP 数据核字（2013）第 100397 号

出版发行：暨南大学出版社

地　　址：中国广州暨南大学
电　　话：总编室（8620）85221601
　　　　　营销部（8620）85225284　85228291　85228292（邮购）
传　　真：（8620）85221583（办公室）　　85223774（营销部）
邮　　编：510630
网　　址：http：//www.jnupress.com　http：//press.jnu.edu.cn

排　　版：弓设计
印　　刷：佛山市浩文彩色印刷有限公司

开　　本：787mm×960mm　1/16
印　　张：13.875
字　　数：175 千
版　　次：2014 年 4 月第 1 版
印　　次：2014 年 4 月第 1 次

定　　价：28.00 元

名家推介

太史公书立《刺客列传》，后史无有仿效者。非世无刺客也，史家为当权者忌之耳。于是刺客之传委于稗官之笔，唐有虬髯客、聂隐娘之传，事则奇矣，奈向壁虚构之说，虽一时能快读者之意，终非信史之列。吴礼权教授据《史记》、《通鉴》之信史，旁采《战国策》、《说苑》等相关资料，以当代通俗之语言，谱出荆轲可歌可泣之生涯，将《刺客列传》简要之短章，展为洋洋数十万字之长篇小说。记事确凿有据，描写会话则合情合理。使易水发立之凄景，图穷提囊之情状，皆历历在目。谓罗贯中《演义》之妙笔，复见于今世，当不为过也。

——日本京都大学教授，原京都大学人文科学研究所所长　金文京

每次教授《史记·刺客列传》，常为荆轲刺秦王功亏一篑叹息不已。但现代学子对此了无兴趣，更遑论感动。虽说文学兴衰有其不得不变之势，然而古典文学中的精品，千载感人。如何让新世代年轻人乐读古典文学，改编或改写不失为上策。复旦大学教授吴礼权博士以其钻研中国古典小说与修辞学的专业，2011 年曾出版《远水孤云：说客苏秦》、《冷月飘风：策士张仪》两部长篇历史小说，海峡两岸以繁简二体同步推出。其妙笔生花，情景理交融，让人真切感受到学者兼文人的高超功力。那时我就猜测，吴教授会不会来写"刺客荆轲"呢？今年四月初应邀在复旦大学中文系演讲，碰面时犹未听闻，竟然在七月要发行《易水悲风：刺客荆轲》了！保密程度媲美于刺秦王行动。六月初抢先拜读，依然文笔简洁朗畅，行

云流水，令人佩服不已。

荆轲刺秦的事迹虽令人感叹感慨，但毕竟有关荆轲其人的史料不多，除了太史公所作《刺客列传》以及《战国策》中有简略的记述外，剩下的也只有古代一部无名氏所作的小说《燕丹子》了。《燕丹子》虽浸染了古人的想象，但也不过寥寥三千余言而已。吴教授潜心战国史研究十余年，又有丰富的历史小说创作经验，因此他以战国末期的历史风云为背景，"凝心天海之外，用思元气之前"，思接千古，奋飞想象的翅膀，展开荆轲刺秦王的历史画卷，自然就有了与众不同的刺客荆轲形象呈现于我们眼前。小说以洋洋近二十万言的篇幅，将现代小说的"对话叙事"手法与传统中国小说技巧有机融合，既生动地再现了波澜壮阔的战国历史，又逼真地塑造出一代刺客荆轲的鲜活形象，从而给现代读者以一种全新的阅读感受，读后让人恍然大悟：原来刺客也是人，荆轲成为刺客也有自己的心路历程。

吴教授自言不会武功，只是小时候略学过一点拳脚，但却像香港的武侠小说作家金庸一样，在小说中创造出许多"盖世武功"。我曾在"全球征联"活动中，以"五月桐花花飞五月雪"征求对联，相当轰动。大家都知道台湾有一种景观，就是每年五月油桐花开，恰似"五月飞雪"。没想到，在吴教授的笔下，"五月飞雪"却成了大侠田光的盖世神功。大家嘴上经常说到的成语或俗语"蜻蜓点水"、"乌云压顶"、"就坡下驴"等，在吴教授笔下也成了各路侠客的独门绝招。因此，读这部小说，大家看到的不仅是历史的荆轲，还有刺客们炫技的刀光剑影，煞是好看。

我与吴教授交心多年，深知其人品、文品，故郑重推荐，读者诸君欲提升人文素养、语言水平，这部《易水悲风：刺客荆轲》一定是要读的。

——台湾东吴大学教授，原东吴大学中文系主任　许清云

卷 首 语

风萧萧兮易水寒，壮士一去兮不复还。
探虎穴兮入蛟宫，仰天呼气兮成白虹。

在中国，稍稍读过几天书的人，都知道这首《易水歌》。而且一读到它，眼前就会浮现出两千多年前荆轲风雪之中于易水之畔挥别燕太子丹，前往秦国刺杀秦王嬴政的悲壮一幕。

荆轲刺秦王，结果大家都知道，没有成功；非但没有成功，自己命丧秦王剑下，而且还加速了燕国灭亡的历史进程。

其实，即使荆轲刺杀秦王嬴政成功，也不会因此而改变中国历史发展的进程，不会逆转秦国灭六国、一统天下的时代大势。因为统一大势犹如大江东去，浩浩荡荡，顺之则昌，逆之则亡。因此，从历史学家的眼光来看，荆轲刺杀秦王的举动，犹如螳臂当车，蚍蜉撼树，实乃不自量力，毫无价值。

虽然如此，但是荆轲刺秦之举本身却富有一种象征意义，这便是弱者对强者欺压的奋起抗争。因此，荆轲刺杀秦王虽然失败，却博得了历代文人的同情。如晋代大文豪陶渊明专门写下《咏荆轲》一诗表达了同情之意：

燕丹善养士，志在报强嬴。招集百夫良，岁暮得荆卿。君子死知己，提剑出燕京。素骥鸣广陌，慷慨送我行。雄发指危冠，猛气冲长缨。饮饯易水上，四座列群英。渐离击悲筑，宋意唱高声。萧萧哀风逝，淡淡寒波生。商音更流涕，羽奏壮士惊。心知去不归，

1

且有后世名。登车何时顾，飞盖入秦庭。凌厉越万里，逶迤过千城。图穷事自至，豪主正忪营。惜哉剑术疏，奇功遂不成。其人虽已没，千载有余情。

"初唐四杰"之一的骆宾王也有《于易水送人一绝》诗曰：

> 此地别燕丹，壮士发冲冠。
> 昔时人已没，今日水犹寒。

既然荆轲刺杀秦王是以失败告终，不仅徒劳无功，反而连累了燕太子丹身首异处，燕国迅速走向灭亡，那么为什么中国古代还有那么多人对荆轲予以同情并热情讴歌其行为呢？

没有别的原因，只因为两个字："侠"与"义"。

在中国，"侠"与"义"，自古以来就是紧密相连的两个字。但凡"行侠"者，必是出于"仗义"。因此，自古以来，侠客都是深受中国人推崇的。不仅底层民众如此，甚至很多文人也如此。如唐代大诗人李白写有一首著名的诗，名曰《侠客行》，就是对战国时代侠客的热情讴歌：

> 赵客缦胡缨，吴钩霜雪明。银鞍照白马，飒沓如流星。十步杀一人，千里不留行。事了拂衣去，深藏身与名。闲过信陵饮，脱剑膝前横。将炙啖朱亥，持觞劝侯嬴。三杯吐然诺，五岳倒为轻。眼花耳热后，意气素霓生。救赵挥金锤，邯郸先震惊。千秋二壮士，烜赫大梁城。纵死侠骨香，不惭世上英。谁能书阁下，白首太玄经。

在李白的眼中，侠客的人格是如此高尚，值得推崇。而在普通中国人的眼中，侠客行侠仗义的形象更是伟大，并对之顶礼膜拜。

正因为如此，隋末劫皇纲的绿林强人在历史小说《隋唐演义》

中成为被歌颂的好汉；《水浒传》中杀人越货的山大王都是中国人喜爱的英雄；《三国演义》里关羽在华容道违抗军令放走孙刘联军的死敌曹操，不仅后世读者没有异议，就是在当时也没有受到军法严惩。这些事实说明了什么呢？仔细思考一下，不都是因为"侠"与"义"二字吗？因为在中国人特别是古代中国人的心目中，只要是劫富济贫，杀人越货也是义举；拔刀杀人，杀谁杀多少，并不打紧，只要是出于路见不平，那就是行侠，不仅不受谴责，反而是应该颂扬的。这便是中国人特别是古代中国人的是非标准。

那么，为什么中国人会有这样的是非标准呢？这与中国的文化传统和社会风气有关。

众所周知，中国古代并不讲究法律，而是人情大于国法。也正因为如此，中国古代法律制度不健全，即使有些王朝制定了煌煌法典，但是，一遇到王侯将相、权贵达人，统统作废。在权力大于法、人情大于法的社会土壤中，必然缺失公平与正义。为了弥补公平、正义之不足，就必然要仰赖仗义的行侠者替呼天天不应、哭地地不灵的弱者出头。于是，便有了"路见不平，拔刀相助"的侠客。他们"十步杀一人，千里不留行"、"事了拂衣去，深藏身与名"的行事风范，最是底层弱势民众所推崇的。自从太史公在《史记》中为游侠立传以来，中国文学中侠客的形象在各体文学作品中层出不穷，尤其在小说中。武侠小说自古及今，都是中国民众的最爱，最能反映中国民众热爱侠客、推崇侠义的心理。

荆轲是侠客，荆轲刺杀秦王是拼却一命酬知己，是义举。为义而行侠，岂能不深受中国人的推崇？所以，荆轲刺杀秦王虽以失败而告终，但是他那种不畏强暴的英勇之举，那种为知己而赴汤蹈火在所不辞的侠义风骨，一直激励着中国古代无数的侠义之士为正义前赴后继。

荆轲是两千多年前的人物，是远去的历史影像。再加上对于荆轲的历史记载，也仅止于《史记·游侠列传》中有关荆轲的一段文字，以及《战国策》中的相关记载。因此，荆轲的形象究竟是什么样子，自然是见仁见智，在各人的心目中有所不同。古代小说《燕丹子》作为描写荆轲形象的唯一小说作品，只是提供了荆轲形象的一种模式。但因为篇幅的限制，《燕丹子》中所呈现的荆轲形象与《史记》、《战国策》所记载的荆轲没有实质上的区别。因此，如何以长篇小说的规模呈现一个血肉丰富的刺客荆轲形象，就成为这部长篇历史小说《易水悲风：刺客荆轲》的使命了。

吴礼权

2013 年 3 月 12 日于上海

目 录

主要人物表

荆　轲　原是齐国庆氏后裔，后由吴迁入卫国。其人博闻强记，体烈骨壮，勇力过人，喜怒不形于色。为人倜傥豪放，不拘小节，但志存高远，欲立大功。受田光推荐，奉樊於期首级与燕督亢地图往见秦王，为燕太子丹刺杀秦王嬴政未果，被杀。

鞠　武　燕太子丹太傅。主张山东六国"合纵"以抗衡秦国的进攻，不赞成太子丹派刺客刺杀秦王嬴政。燕太子丹不听其计，不得已，荐侠士田光给太子丹。

太子丹　燕国太子，少时曾与秦王嬴政在赵都邯郸，有旧谊。嬴政为秦王时，太子丹为燕国人质，居于秦都咸阳。因受秦王嬴政凌辱，潜逃回燕，招死士，欲雪受辱之耻。荆轲刺杀秦王嬴政计划失败后，秦国对燕国大举用兵，攻破燕都蓟，燕王喜逃往辽东，继续称王。秦师穷追不舍，索太子丹人头甚急，燕王喜听代王之计，斩其首献于秦。

田　光　赵国侠士，学识渊博，武功高强，智勇双全。因看不惯诸侯各国相互争战、尔虞我诈的现实，拒绝各国诸侯的网罗，远离官场，带剑行走江湖，行侠仗义，为世上弱势之人打抱不平，故江湖上人称"节侠"。受太子丹太傅鞠武推荐，面见太子丹，为其推荐刺客荆轲。为守太子丹机密，向荆轲交代完毕后即吞舌自尽。

樊於期　有历史学家考证，其人即为桓齮，秦国大将。曾率兵攻打赵国平阳邑，杀了赵国大将扈辄，斩赵国之卒十万。后被赵国大将李牧打败，不敢回国，秦王嬴政灭其全族。乃化名樊於期，投奔燕太子丹。秦王嬴政悬赏购其首。为报灭族之仇，乃授首与荆轲，让其奉其首级见秦王，以便接近秦王而刺杀之。

夏　扶　燕国武士，血勇之人，怒而面赤。在易水为荆轲送别时，自刎于车前，为其壮行。

宋　意　燕国武士，脉勇之人，怒而面青。

秦舞阳　燕国武士，骨勇之人，怒而面白。随荆轲往秦国刺杀秦王，为副手，死于秦。

狗　屠　燕国一个屠狗者，不知姓名，荆轲的朋友，与荆轲交往甚密。气力过人，为人豪放，能饮酒。每日与荆轲、高渐离等人饮于燕市，酒酣而去。临去时，高渐离击筑，荆轲和而歌，招摇于市，时而大笑，时而大哭，旁若无人。

高渐离　燕国人，善于击筑，荆轲之友。荆轲被秦王诛杀后，燕国被秦国所灭，乃藏匿于民间，为人佣作。后不堪劳作之苦，自露身份，被秦始皇熏瞎眼睛，为其击筑。赢得秦始皇信任后，趁其不备，以筑击秦王，为其友荆轲复仇，未成而被诛。

鲁句践　赵国人，武士。荆轲曾到赵都邯郸游历，一次与之博戏而发生争执。鲁句践大声呵斥荆轲，荆轲黯然离去。

盖　聂　著名剑术家。荆轲慕其名，前往榆次拜访，想与之切磋剑术。没谈几句，盖聂觉得荆轲不行，遂用眼瞪了他一下，荆轲就离开了。

吕不韦　本是阳翟大商人，在赵都邯郸做生意时，结识秦国太子安国君之子子楚。以千金替子楚到咸阳上下打点，使安国君立子楚为太子，并刻下玉符。又将自己美艳之妾赵姬让给子楚。后又帮助子楚回到秦国。子楚即位为庄襄王后，任之为秦相，并封之为文信侯，赐河南洛阳十万户为其食邑。秦王嬴政即位后，继续为秦相，尊之为仲父。门下食客三千，家僮万人，权倾朝野。后因与嫪毐权斗，被秦王嬴政迁往蜀中，因怕日后被杀，乃饮鸩而死。

嫪　毐　本是一介平民，因是"大阴人"，在吕不韦与赵太后的策划下，以宦官的身份混入宫中，成为赵太后的性工具，极得赵太后欢心，并与之生下二子。得赵太后之助，被封为长信侯，赐山阳郡为其食邑，又以河西、太原等郡为其封田。府中僮仆、宾客达数千人之多，门客也有数千人，而且投奔其门下求官求爵的人也达千余人。后与吕不韦的矛盾激化，用赵太后与秦王印信，发县卒及卫卒等攻打蕲年宫而叛乱，意欲诛杀吕不韦，结果失败，为秦王车裂而死，并被灭三族。死党皆被一网打尽。

长安君　即秦公子成蟜，庄襄王之子，秦王嬴政之弟。出兵赵国时在屯留叛秦，企图清除吕不韦的势力，夺得秦王的位置。秦王派大将王翦率十万大兵往屯留征讨，兵败后投奔了赵国。

赵太后　即赵姬，秦王嬴政生母。年轻时是一个美艳而又善舞的赵国女子，先为吕不韦之妾，与之同居数月，怀有身孕后被吕不韦转让给子楚（即秦庄襄王），生嬴政。庄襄王过世后，秦王嬴政年纪尚小，赵太后便经常与吕不韦私通。吕不韦不能满足其性欲，便找来了"大阴人"嫪毐，让有司拔掉其胡须，假处宫刑，送入宫中侍候赵太后。嫪毐入宫后，甚得赵太后欢心，二人日夜淫乐不止，并生有二子。嫪毐叛乱被杀后，秦王杀死了赵太后与嫪毐所生的两个王子，并把赵太后迁到雍地居住。

华阳夫人　安国君宠爱的妃子，正夫人。无子，纳子楚为子，子楚即位为秦王（史称庄襄王）后尊华阳夫人为太后。

夏　姬　安国君之妃，子楚生母。子楚即位为秦王（史称庄襄王）

尊为夏太后。

燕　姬　太子丹宠姬，荆轲爱其手，太子丹斩其手奉之（《燕丹子》中所记人物）。

琴　姬　在秦王座后屏风弹琴的秦国女子。荆轲手持匕首追杀秦王嬴政时，她弹琴提醒秦王嬴政："罗縠单衣，可掣而绝。八尺屏风，可超而越。鹿卢之剑，可负而拔。"秦王嬴政闻琴声觉醒，掣断被荆轲抓住的衣袖，超越屏风，并反手从背后拔出宝剑，砍断了荆轲的双腿，免于被荆轲刺杀。

夏无且　秦王嬴政的御医，在荆轲追杀秦王时以药囊击中荆轲之臂，使秦王嬴政赢得了自救的时间，反败为胜。

郭　开　赵王迁的近臣，曾诬陷过大将军廉颇，迫使老将军无奈离开赵国，投奔了魏国。后又谗害李牧，逼迫李牧交出防守邯郸的兵权，李牧拒绝。赵王听从郭开之计，暗设圈套，诱捕了李牧，并将之斩杀。

蒙　嘉　秦国大臣，官居中庶子，是秦国大将蒙骜的兄弟，荆轲晋见秦王嬴政，走的就是他的门路。

李　牧　赵国大将，曾长期为赵国守卫北方边疆，有效地阻击了匈奴对赵国的威胁。秦师围邯郸，任赵师主将，与司马尚共同抵抗秦师的进攻。秦师无计可施，乃用反间计，收买赵王迁的近臣郭开，散布谣言，说他与秦师勾结。赵王迁听信谗言，逼迫其交出兵权，改用赵国宗室赵葱为主将。李牧不从，赵王又听从郭开之计，暗设圈套，将其诱捕并斩杀。

司马尚　赵国大将，秦师围邯郸，协助李牧防守，后被郭开陷害，被迫交出兵权。

赵　葱　赵国宗室，李牧被杀后，任赵国主将。

颜　聚　赵国大将，原为齐国大将，投奔来赵。秦师围邯郸时，代替司马尚为副将，协助赵葱防守邯郸。

庞　媛　赵国大将。

扈　辄　赵国大将。

蒙　骜　秦国大将。

张　唐　秦国大将。

王　翦　秦国大将。

杨端和　秦国大将。

白　起　秦国大将，有"常胜将军"称号。

羌　瘣　秦国大将，与王翦一起率兵破赵，将赵王喜俘获。

韩　非　韩国公子，法家代表人物，著有《韩非子》。曾与李斯一
　　　　起师从荀子学帝王之学，其学说深得秦王嬴政赞赏，秦王
　　　　嬴政读其书，以为古人，恨不能与其同时。后韩非出使秦
　　　　国，李斯自知智谋不及韩非，唯恐韩非被秦王重用而夺了
　　　　自己的位置，遂进谗言将其害死于云阳。

李　斯　楚国上蔡人，曾与韩非一起师从荀子学帝王之学，学成入
　　　　秦，吕不韦任之为郎。后协助秦王嬴政灭六国，一统
　　　　天下。

秦王嬴政　即秦始皇，庄襄王子楚与赵姬在赵都邯郸所生。在丞相
　　　　李斯等人的协助下，灭六国，一统天下，建立了中国历
　　　　史上第一个统一的中央集权的封建帝国。

秦昭王　秦武王之子，孝文王（安国君）之父，在位56年。

秦太子悼　秦昭王长子，在魏为人质。秦昭王四十年，猝死于魏国。

安国君　秦昭王第二子，太子悼死后被立为太子，庄襄王之父。秦
　　　　昭王五十六年，昭王崩，即位为秦王，是为孝文王。即位
　　　　守孝一年后，加冕仅三天，就突然病逝。

庄襄王　即子楚，安国君之子，秦始皇嬴政之父。其在位仅三年。

赵王迁　赵悼襄王之子，在位8年。秦师围攻邯郸时，中秦国反间
　　　　之计，听信佞臣郭开谗言杀害大将李牧后，赵都邯郸被秦
　　　　师攻破，突围逃到东阳，被秦国大将王翦与羌瘣率师俘获。

公子嘉 赵国公子，秦师攻破邯郸后，率师成功突围，带着几百个赵王室宗亲逃往代地，自立为代王，与燕国之师互相响应，与秦国周旋了 6 年。

燕王喜 燕国末代之君，燕太子丹之父，在位 33 年。秦师攻破燕都蓟城后，逃到辽东，继续称王 8 年。

楚幽王 楚国末代之君，楚考烈王之子，在位 10 年。

白须老者 燕国人，虚构人物。

谢　勇 太子丹府中武士，太子丹心腹，虚构人物。

甘　爽 太子丹府中武士，太子丹心腹，虚构人物。

蔺老板 赵国客栈老板，田光之友，虚构人物。

第一章　归计

1. 风雪午后

秦始皇十五年，燕王喜二十三年（前232）十二月二十八，燕都蓟天气奇寒，漫天大雪已经下了五天，家家门前窗上都堆满了积雪，挂上了冰凌。

到了日中时分，家家户户仍都大门紧闭。燕太子太傅鞠武的府第，也是如此。

但是，午饭过后，鞠府的大门突然响起了急促的敲门声：

"咚咚咚，咚咚咚！"

此时，鞠武正无所事事，在前厅来回踱步。突然，一个仆从急急从前院慌张进来禀报道：

"老爷，外面有人敲门，敲得很急。"

"是什么人？"

"不知道。"仆从怯怯地答道。

"那怎么不开门看一看？"鞠武怒斥道。

"小人不敢开门，怕门一开，风雪都灌进来了。"

"不能因为怕风雪灌进来就不开门啊！万一有急事呢？"鞠武口气更加严厉了。

"哦，小人这就去开门。"

不一会儿，仆从就领着一个满身是雪，披头散发的人进来了。

"请问来者是？"

没等鞠武把话问完，就听对方回答道：

"太傅，是我啊！"

鞠武一听声音，立即惊呆了，揉了揉眼睛，定了定神，这才问道：

"啊？怎么是太子殿下？您不是在秦国为人质吗？"

不提这茬也罢，鞠武一提，太子丹不禁悲从中来，痛哭流涕。

鞠武见此，顿时慌了手脚，情急之中，又问了一句：

"太子殿下，你咋变成这个模样了呢？"

话刚出口，鞠武就觉得失言，遂连忙对站在旁边的仆从说道：

"快快快，快去准备热水，找些像样的衣物，让殿下沐浴更衣。"

太子丹则如木鸡般呆站着，没有一句话，只是一个劲地流眼泪。

鞠武看着太子这个样子，更是不知所措了。愣了半天，这才想起动手给太子丹拍打身上的积雪。鞠武一边拍打，一边又叫来另一个仆从，命他找来一件厚大氅，让太子丹临时先披上。然后，将太子丹请到热炕上坐了。

太子丹屁股还未坐热，那个准备热水与衣物的仆从来了，禀报道：

"老爷，衣物找好了，热水也已备好。"

"太子殿下，那就先去沐浴更衣吧，别受凉了。"鞠武一边说着，一边伸手扶了坐在炕上的太子丹一把。

等到太子丹沐浴更衣结束后，鞠武早就准备好了点心酒水，在炕上专用的一张小案上放好。

梳洗结束后的太子丹，样子焕然一新，昔日太子的音容笑貌又自然呈现出来。

"太子殿下，请！"鞠武一边说着，一边伸手示意太子丹上炕。

上炕未及坐定，太子丹就端起食案上的酒水猛喝了几口，然后又抓起点心狼吞虎咽起来。

鞠武一看这情形，想想刚才太子丹衣衫褴褛、披头散发的样子，就知道他回来这一路一定是三餐不济，受了不少苦。所以，当太子丹吃喝时，鞠武只是默默地看着，没有说一句话。

"不好意思，让太傅见笑了。"太子丹猛吃猛喝了一番后，突然抬头看到太傅正盯着自己看，这才意识到自己刚才的样子肯定不好看，于是对鞠武嘿嘿笑了一下。

"太子殿下是太饥渴了吧，要不要再准备点酒食？"鞠武关切地问道。

"不要，不要，差不多吃饱了。"太子丹连连摆手道。

师徒相对看了看，突然不知说什么好。沉寂了一会儿，突然太子丹有所醒悟道：

"太傅，您别在那站着，上来坐啊！"

鞠武谦让了一会儿，然后上炕与太子丹隔着小食案对面跪坐。

"太子殿下，老臣有个疑问……"鞠武嗫嚅了半天，好不容易开了口，却又止住了。

太子丹见太傅欲言又止的为难情状，心知其意，遂连忙问道：

"太傅，您是想问我是不是私自从秦国逃回燕国的吧？"

鞠武见太子丹说得如此直白，遂连忙点点头，然后顺势说道：

"两国交互质子，或是一国以储君送往对方为质，都是按照外交礼仪进行的。驻在国的国君按照外交常规，对为人质的他国储君应该极尽尊崇才是。但是，看太子殿下的情形，是否非正常回国？"

"太傅说得对！我是从秦国逃回来的。"

"啊？太子殿下真是私自逃回来的？"尽管鞠武事先已经猜出实情，但是由太子丹亲口说出，还是大吃了一惊。

"如果我不逃回来，早就没命了。"太子丹看着太傅吃惊的样子，语气肯定地说道。

"太子殿下乃我燕国储君，秦国怎么能这样无礼呢？真是亘古未有，岂有此理！"鞠武愤怒地说道。

"我一到秦国，就被安排到秦都咸阳的一处僻静之所，四周都是围墙，门外有很多携刀带剑的武士把守。明里说是保卫我的人身安全，实是软禁我，不让我有人身自由。"

"秦国现在怎么这么无礼呢？吕不韦为相多年，在处理外交问题上还算比较平和，以前也没做过这么失礼之事啊！"鞫武既感愤怒，又感诧异。

"太傅有所不知，而今秦国执掌权柄的已不是吕相了。"

"那是谁？"鞫武连忙追问道。

"是秦王自己。"

"他亲政了？"鞫武一听，顿时吃惊不小。

太子丹见鞫武吃惊的样子，不解地问道：

"难道秦王亲政的消息没有传到燕国？"

"太子殿下您也知道的，这些年秦国不断派兵东进与赵、韩、魏作战，连来往燕秦之间的客商都很少，来自遥远秦都咸阳的消息如何能够及时获知？"

太子丹听了，连连点头，说道：

"我去年十月初动身往秦都，走了好几个月才到达秦都咸阳。沿途所见，只有战争后的一具具尸体与一堆堆白骨。一路上，确实没见过一个商旅之人的影子。"

"太子殿下，说到战争，鞫武倒是听说前年和去年秦国与赵国都打了一场恶仗，据说秦国杀死赵国之兵不少。"

太子丹连忙说道：

"这个我清楚。我到咸阳后就听到确切的消息，前年正月彗星出现于东方，秦王巡视到河南。十月，秦王派大将桓齮攻打赵国平阳邑，杀了赵国大将扈辄，斩赵国之卒十万。"

"原来赵国死了这么多人！"鞫武感到更加震惊。

"去年，秦王又派桓齮攻打赵国平阳，平定了平阳、武城、宜安。为此，韩国上下为之震惊。韩王乃派韩非出使秦国。"

"韩非可是一个著名的谋士，他出使秦国一定为韩国的国家安全赢得不少利益吧？"鞠武问道。

"赢得什么利益？韩非一到秦都咸阳，就被秦王扣押了。"

"两国通使，怎么能够扣押呢？"鞠武对秦王的所作所为更加吃惊了。

"不仅是扣押，不久，秦王听从李斯计谋，将韩非害死于云阳。"

"李斯？是不是那个楚国上蔡的说客？"鞠武问道。

"正是此人。他与韩非同师荀卿，系出同门。前年刚被秦王任命为秦国之相，他自知智谋不及韩非，唯恐韩非被秦王重用而夺了自己的位置，于是就进谗言害死了韩非。"

鞠武听到此，不禁喟然长叹道：

"有这样的秦王与秦相，还有什么事做不出来？如此说来，太子殿下能够逃出秦王的樊笼，实在是不可想象。"

太子丹听太傅如此说，又情不自禁地泪流满面。

鞠武见此，也不禁十分感伤，他能想象出太子丹从秦国逃出来的不易。沉寂了一会儿，忍不住问道：

"秦王与李斯如此对韩国之使韩非，想必他们对太子殿下的为难也不会少的吧？"

太子丹见太傅相问，遂收住眼泪，说道：

"秦王虽然没有像对待韩非那样，将我囚禁起来，却每日派兵押着我上朝。上朝时，既不以燕国储君之礼待我，也不以外国来使之礼待我，而是让我敬陪末座，听他看他发号施令逞威风。"

"太过分了！殿下与他少年时代在赵都邯郸不是还有一段情谊吗？他怎么作出这等事呢？真是岂有此理！"鞠武气愤地一掌拍翻了食案上的酒盏。

"其实，还不止这些呢。"

"什么？这些还不够过分啊？他还对殿下有更无礼的对待吗？"

鞠武简直不敢相信。

"秦王出行或是狩猎，经常要我替他牵马，甚至有一次还要求我蹲下身子，踩着我的背上马。"

"孔子曰：'士可杀，不可辱。'太子殿下身为燕国储君，岂能受如此之辱？您代表的不是个人，而是燕国。您当时怎么不提出抗议呢？"

"提出抗议有用吗？我当时之所以能够隐忍苟活，不提出抗议，是想起了昔日越王勾践之事。我想留着有用之身，找机会逃回燕国，像当年越王勾践那样，以图日后一雪国耻。"

鞠武听了太子丹这番话，觉得他还是蛮有主见，以前自己跟他所讲的历史经验还是没有白费心思。如果有机会，他还真是一个可以造就的一国之主。想到此，鞠武连忙说道：

"太子殿下做得对。不然，鞠武今日就见不到殿下了。"

太子丹见太傅对他的做法予以肯定，遂又接着说道：

"我忍辱负重，一再以隐忍对付秦王的无礼，在很大程度上软化了他对我的敌视态度。由此，我得以有机会一再以生活不习惯为理由而表达希望回到燕国的请求。"

"那么，秦王怎么说？"鞠武急切地追问道。

"他要么顾左右而言他，要么不置可否。"

"如此说来，殿下是偷着逃出来的吧？"鞠武问道。

"也可以这样说，但又不尽然。"太子丹一边说着，一边抬头仰望屋顶，似乎有什么难言之隐。

鞠武急欲了解事实真相，没顾得上察言观色，又径直问道：

"太子殿下这话怎么说？"

太子丹从屋顶收回眼光，侧身看了看太傅焦急的神情，顿了顿，说道：

"我一再软语相求，央求的次数多了，秦王终于心有所动。一次，我又当着秦国群臣的面再次央求秦王。秦王突然显得很兴奋的样子，说道：'好哇！寡人可以放你回去。但是，你得满足寡人一个条件。'"

"什么条件？"鞠武急不可耐地问道。

"他说：'除非你让乌鸦白头，马儿生角。'"

"这不是故意刁难人吗？"

"我当然知道他是有意刁难，但也没有办法，只得仰天长叹。可没想到的是，就在我绝望的时候，突然有一只乌鸦从天而降，落在了秦王廷上。仔细一看，还真是一只白头乌。"

"太子殿下非常人也！上天都佑殿下，秦王应该无话可说了吧。"鞠武欣喜地说道。

"可是，秦王却说还有一个条件没有满足，仍然不答应放我。"

"那最后呢？"鞠武更加着急了。

"最后，我抱着侥幸的心理，希望上天能再助我一次，于是就提议秦王与我一道走出秦廷，看看能否见到一匹长角的马。"

"结果怎么样？"鞠武急不可耐地问道。

"没想到，真是上天不绝无路之人，走出秦廷不久，就真的看到了一头长相酷似马的牛。我指着那头牛，对秦王说：'大王，这匹马不是长出角儿来了吗？'秦王无语，只得兑现诺言，答应让我回燕国。"

"如此说来，殿下回燕国是光明正大的，而不是偷偷摸摸的。"鞠武说道。

"非也！秦王虽然明里兑现了诺言，但暗里却使坏。"

"一国之君，竟然还如此卑鄙？"

"他为了达到不让我回到燕国的目的，在我住处的河上小桥上做了手脚，设置了一个机关，以此阻止我过桥。"

"结果呢？"鞠武又急切地问道。

"那天晚上，我从那座桥上过时，机关竟然没有被触发，安全通过了。"

"上天如此福佑殿下，相信殿下必是一个洪福齐天之人，将来必能有一番大作为，燕国有望矣！"鞠武又欣慰地感叹道。

"可是，变服易名，好不容易顺利逃到函谷关时，却是半夜时分。如果徘徊关下，被巡更秦兵发现，那后果就不堪设想。"

"那怎么办？"鞠武仿佛就是当事人，急得眼睛都睁圆了。

"情急之下，我突然想到当年齐国孟尝君夜过函谷关的故事，也学起鸡鸣之声。没想到，还真的引得关下众鸡和鸣。于是，又侥幸半夜混出了函谷关。"

鞠武听到这里，不禁长吁短叹。

之后，太子丹又将自己出关后一路风餐露宿，乞讨过活的经历一一向太傅鞠武作了叙述。听得鞠武感伤不已。说到伤心处，二人抱头痛哭。

2. 咸阳惊变

师徒二人哭了一阵后，鞠武突然收住眼泪，问道：

"殿下，刚才您说到秦国现在是秦王亲政，由李斯执掌秦相权柄，那么吕不韦呢？"

"哦，我刚才忘记跟您报告了，吕不韦已于大前年死了。"

"吕不韦死了？怎么会突然死了呢？他没有多大年纪，应该是青春正富啊！"鞠武吃惊地问道。

"确实年纪不大，才五十多岁。"

"那为什么会突然死了呢？"鞠武穷追不舍地问道。

"他是因抑郁恐惧而自杀的。"

"据说，吕不韦与秦王的关系非同寻常，秦王称他为仲父。吕不韦实际操纵秦国的一切权力，他门下食客三千，家僮万人，权倾朝野，即使是秦王权力也大不过他，他怎么会抑郁恐惧而自杀呢？"

"这个内幕就很复杂了，不是我所能洞悉的。"

鞠武见太子丹似乎不想多说，但是他又特别想知道，于是就试探性地说道：

"殿下在咸阳那么长时间，想必多少是了解一点内幕的吧。"

听鞠武这样一说，又见他充满期待的目光，太子丹顿了顿，最后还是继续说了下去：

"其实，关于吕不韦的事，我也只是道听途说而已。据说，秦昭王时，为了集中力量对付南方强大的对手楚国，减轻来自东方宿仇魏国的压力，主动与魏国媾和，派太子悼往魏为人质。但是，昭王四十年，太子悼却突然猝死于魏国。"

"是怎么死的？"鞠武对这段历史不清楚，遂急切地问道。

"是病死的，死后运回秦国，葬在了芷阳。第三年，昭王立第二子安国君为太子。安国君生子甚多，计有二十余人。"

"这么多儿子，那安国君怎么选立未来的继位者呢？"鞠武不无担忧地问道。

"这就是问题之所在。"

"那后来是如何解决的呢？"

太子丹顿了顿，说道：

"安国君有很多儿子，也有很多妃子。但真正宠爱的妃子则只有华阳夫人一个，立其为正夫人。"

"既如此，那么未来储君肯定就是华阳夫人之子了。爱屋及乌，乃人之常情。"

太子丹摇摇头，说道：

"华阳夫人没有儿子。"

"那怎么办？"鞠武着急地问道。

"正因为华阳夫人没有儿子，这才有了现在的秦王嬴政。"

"这话怎么讲？"鞠武更加有兴趣了。

"安国君有一个妃子叫夏姬，不受宠爱。其子子楚在众多兄弟中的表现也不突出，排行也不靠前，而是居中。所以，子楚就成了爹不疼、爷不爱的人。因此，在秦赵矛盾日益尖锐的情况下，被秦昭王派到了赵国作为人质。由于秦国不断发兵攻打赵国，所以子楚在赵都邯郸颇受冷遇。加上资用缺乏，子楚在邯郸乘车与日常用度都成了问题，生活十分窘迫。为此，子楚感到非常苦恼。然而，就在这时，一个偶然的机会，一个人闯进了他的生活，使他的人生际遇一下子打开了。"

"这人是谁？"鞠武急切地问道。

"吕不韦。吕不韦原本是卫国的一个商人，其时正在邯郸做生意，发了大财。他见到子楚，觉得非常投缘。于是，就对他特别客气，还在背后跟人说：'子楚就像一件奇货，若有人能投资囤积，将来一定能居奇而赚大钱。'"

"那之后呢？"

"吕不韦是个精明人，他做买卖眼光好，看人眼光也好。他觉得把子楚抓在手里，将来一定会有巨大收益的。于是，就主动接近子楚。一次，吕不韦拜访子楚后，临出门时突然回首，不无深意地说道：'不韦虽是一介商贩，却能光大公子门庭。'子楚不以为然，莞尔一笑道：'你还是先光大了自己的门庭，再来光大我的门庭吧！'"

"那吕不韦怎么说？"

"吕不韦诡异地一笑，附耳对子楚说道：'公子，不韦的门庭要等您的门庭光大了以后才能光大啊！'子楚终于明白了吕不韦的意思。于是，连忙将左脚已经迈出门槛的吕不韦拉回来，辟室深谈。"

鞠武很好奇，立即问道：

"谈些什么呢？"

"吕不韦见无他人，便毫不隐讳地跟子楚说：'秦王老矣，安国君为太子。公子虽为安国君之子，但既非嫡出，又非长子。将来安国君荣登大位，若要立储，公子在二十余位兄弟中并无竞争优势。况且，公子现在作为秦国人质羁縻于赵。因此，王储之位无论如何也与公子无关。'"

"那子楚听了是什么反应?"鞠武问道。

"当然是非常绝望,叹息道:'如此说来,我就该一辈子困死于此?'"

"吕不韦怎么说?"

"吕不韦诡异地一笑,说道:'若能邀得华阳夫人之宠,讨得她的欢心,这太子之位也不是不能得到的。'子楚一听,立即眉头舒展,喜形于色,连忙问吕不韦如何才能讨得华阳夫人欢心。吕不韦不慌不忙地从衣袋中摸出一块金子,在子楚面前晃了晃,问子楚明白没有。子楚摇摇头。吕不韦于是便直白地说道:'有钱能使鬼推磨,无钱亲人不相认。公子要想邀得华阳夫人之宠,就得舍得花这个。'"

"那子楚怎么说?"鞠武又着急地问道。

"子楚听吕不韦这样一说,立即垂头丧气了,说道:'我贫窘到如此地步,如何有金子打点华阳夫人?'吕不韦呵呵一笑,道:'公子没有金子,不韦有啊!我资助公子千金,并为公子前往咸阳,向安国君与华阳夫人游说,让他们立你为太子。'子楚一听,顿时笑逐颜开,连忙跪地拜谢道:'若得先生相助而立为太子,将来一定裂土与先生共治,有福同享!'"

"后来呢?"

太子丹顿了顿,说道:

"据说,吕不韦与子楚密谈后,立即拿出千金,一半给子楚,用于在邯郸的日常开支,以及结交天下宾客;另一半则买了许多珍宝,前往秦都咸阳打点华阳夫人及其周围的近侍。最终由于走通了华阳夫人姐姐的门路,感动了华阳夫人,使安国君毅然力排众议而立了子楚为太子,并刻下玉符。然后,安国君与华阳夫人又赐子楚很多礼物,并指派吕不韦为其太傅。由此,子楚的名声渐渐传遍诸侯各国。"

"看来，吕不韦还真是做了一桩大买卖！"鞠武情不自禁地感叹道。

"这算什么？还有更大的买卖在后面呢。"

"还有比这更大的买卖？那是什么买卖？"鞠武简直不敢相信。

太子丹见太傅瞪大眼睛而显出吃惊的样子，呵呵一笑道：

"这宗买卖不要说太傅猜不到，就是当事人子楚也想不到。"

"那到底是什么买卖？"鞠武更想知道内情了。

"为子楚争得安国君世子之位后，吕不韦从咸阳回到邯郸。不久，他觅得一位既美艳而又善舞的赵国女子。与之同居数月，女子便有了身孕。一次，子楚与吕不韦一起饮酒。席间看到赵女，为之惊艳不已。酒酣耳热之际，子楚起身绕席，请求吕不韦将赵女赐予他。"

"那吕不韦怎么说？"

"吕不韦当然非常生气。不过，想了一夜后，第二天他便高高兴兴地将赵女送到子楚府上，但是隐瞒了此女已经怀孕的事实。子楚为此更加感激吕不韦，立赵女为夫人。十个月后，赵姬产下一子，这便是现在的秦王嬴政。"

"如此说来，现在的秦王不是子楚之子，而是吕不韦之子，是吧？"鞠武呆了半晌，良久才直视太子丹问道。

太子丹点点头，说道：

"我刚才说还有更大的买卖，指的就是这桩买卖。自从盘古开天地以来，谁做过这样大的买卖？"

"那后来呢？"

"秦昭王五十年，秦国大将王龁率师伐赵，兵围邯郸。当时形势非常危急，赵王欲杀死子楚。但是，吕不韦以六百金贿守城之吏，使子楚得以脱身而入秦师大营，并顺利回到咸阳。赵王求子楚不得，乃欲杀赵姬与其子嬴政。因赵姬是赵国富豪之女，遂得以隐匿而幸存下来。秦昭王五十六年，昭王崩。安国君即位为秦王，华阳夫人为王后，子楚为太子。但安国君即位守孝一年后，加冕仅三天，就突然病逝。于是，子楚顺利即位为秦王，是为庄襄王。庄襄王尊华阳夫人为太后，尊生母夏姬为夏太后。"

"那么，子楚即位为王没有立即封吕不韦吗？"鞠武问道。

"他当然不会忘记吕不韦的。即位伊始，庄襄王立即任吕不韦为丞相，并封为文信侯，赐河南洛阳十万户为其食邑。"

"庄襄王算是有情有义之人，对吕不韦的封赏确实不薄。"鞠武情不自禁地感叹道。

"庄襄王在位只三年，便不幸病逝。其时，已经被赵国送回咸阳的赵姬之子嬴政便顺理成章地即位为王，其母赵姬则被尊奉为太后。嬴政即位年纪尚小，尊吕不韦为仲父，朝政一委于他。因此，事实上吕不韦很长时间内就是秦国的最高权力者。但是，吕不韦并不满足于拥有秦国的最高权力，他见当时魏有信陵君、楚有春申君、赵有平原君、齐有孟尝君，皆喜宾客而礼贤下士，门下有食客上千，他认为秦国乃天下最强之国，自己为秦国最有权力之人，丞相府中竟只有家僮万人，而无像样的宾客，实在是莫大的耻辱。于是，广揽天下文士，很快门下便聚有食客三千。又见其时诸侯多辩士，如荀卿之徒，著书布天下，于是令门下食客有才学者各著其所闻，集论而为'八览'、'六论'、'十二纪'，共计二十余万言。以为此书可以备天地万物古今之事，遂号曰《吕氏春秋》。书成，刊布于咸阳市门，悬千金于其上，延诸侯宾客游士，有能增损一字者，则予千金。"

"吕不韦这是附庸风雅，大概与他商人出身的心理有关吧。不过，聚客著书总比弄权搞阴谋要好。"

见鞠武这样评价吕不韦，太子丹立即接着说道：

"吕不韦并非不弄权，不搞阴谋。他弄起权来，搞起阴谋来，都是手段一流。"

"这话怎么讲？"鞠武问道。

"庄襄公过世后，秦王嬴政年纪尚小，赵太后青春正富，经常与吕不韦私通。据说，赵太后性欲极强，吕不韦感到招架不住，同时怕日渐长大的秦王嬴政有所察觉，从而危及到自己的权力与地位。于是，他便想到了一个既能讨赵太后欢心而又能转移祸患的办法。"

"什么办法？"鞠武迫不及待地追问道。

"他了解赵太后的要求，遂投其所好，暗中派人寻访民间的大阴人。"

"什么叫'大阴人'？"

太子丹看了看太傅，顿了顿，不好意思地说道：

"就是那个东西特别大的男人。"

"哦，原来如此。找到没有？"

太子丹看着太傅竟然对于这种事如此感兴趣，不禁哑然失笑，道：

"当然找到了，不然吕不韦现在恐怕还是秦国第一号权力者，秦王嬴政亲政恐怕还遥遥无期呢。"

"这话怎么讲？"

"吕不韦找到的大阴人是一个秦国男子，名叫嫪毐，不仅本钱大，而且身体非常壮硕。为了让嫪毐能够顺利地成为自己的替身，据说吕不韦费了不少心思。他先是在府中聚客纵酒取乐，让嫪毐当众露阴，以其阴茎穿在桐木车轮之中，使之转动而行。然后，再让人将此事传到赵太后耳中，赵太后果然见猎心喜。吕不韦得知，立即策划，让人假意告发嫪毐犯下了该受宫刑的罪。然后，又知会赵太后从中协助，让有司拔掉嫪毐胡须，假处嫪毐宫刑，将其送入宫中侍候赵太后。"

"然后呢？"鞠武急切地问道。

"嫪毐入宫后，甚得太后欢心，二人日夜淫乐不止。不久，太后就有了身孕。为了不使事情败露，太后以占卦不利，需迁居他地以避之为由，带着嫪毐住到了远离咸阳的雍城宫殿。后来，嫪毐又与赵太后淫乐而生下第二个儿子。"

"嫪毐与太后生下二子，在宫中如何能瞒过众人？"鞠武又问道。

"这两个私生子当然不能正大光明地养在宫中，而是隐藏起来了。为此，赵太后还与嫪毐密谋说：'若秦王死去，就立这两个儿子为君。'由于赵太后太过宠信嫪毐，不仅雍宫一切大小事务悉决于他，还让秦王封嫪毐为长信侯，赐山阳郡为其食邑，又以河西、太原等郡为其封田。嫪毐府中不仅僮仆、宾客达数千人之多，门客也有数千人，而且投奔其门下求官求爵的人也达千余人。一时门庭若市，俨然成了秦国豪门，大有取秦相吕不韦而代之的势头。随着太后日益宠信嫪毐，吕不韦与嫪毐的矛盾也越来越尖锐。吕不韦觉得嫪毐的能力不在自己之下，加上有太后的宠信，迟早要危及自己在秦国的权力与地位。于是，便暗中派人向秦王嬴政告密，说太后与嫪毐淫乱。太后得知，遂与嫪毐密谋，决定趁秦王不在咸阳的时候铲除吕不韦。"

"结果如何？"鞠武急切地问道。

"秦王政九年四月，秦王嬴政宿于雍城。己酉，秦王行冠礼。嫪毐按照事先策定的计划，用太后与秦王印信，发县卒及卫卒、官骑、戎翟君公、舍人，欲攻打蕲年宫而叛乱，意欲诛杀吕不韦。未曾想，吕不韦联合楚系势力昌平君、昌文君，合兵一起与嫪毐相抗衡。并且假传秦王之命：'凡有战功者，均拜爵封赏。宦官参战者，亦升爵一级。'双方战于咸阳，最终以吕不韦胜利而告终。嫪毐所领叛军被斩首数百，嫪毐自己也身负重伤仓皇而逃。吕不韦又矫秦王之命，号令国中：'有生擒嫪毐者，赐钱百万；杀之，赐钱五十万。'"

"最后怎么样？"鞠武又问道。

"嫪毐被擒后，为秦王车裂而死，并灭其三族。死党中卫尉竭、内史肆等二十余人被枭首，其余所有与嫪毐有关者皆被一网打尽。曾经追随嫪毐的宾客、舍人皆被治罪，其轻者为鬼薪，为宗庙供役取薪；其重者四千余人，则夺爵迁往蜀中，徙役三年。”

“吕不韦真是一个会弄权的大阴谋家！太后、秦王及嫪毐，其实都被其玩于股掌之上了。”鞠武情不自禁地感叹道。

“不过，吕不韦虽是这场内斗的赢家，却引起了秦王嬴政的警觉。嫪毐事件平定后，随着事件调查的深入，秦王终于弄清了吕不韦与其母后、嫪毐的关系。”

“然后呢？”鞠武又追问道。

“这年九月，秦王在处死嫪毐后，又杀死了太后与嫪毐所生的两个王子，并把太后迁到雍地居住。第二年，也就是秦王政十年的十月，秦王下定决心，免除了吕不韦的秦相之职。不久，齐人茅焦劝谏秦王，将太后从雍地迎回咸阳，却将吕不韦遣出咸阳，让他前往自己的封地河南。”

“那吕不韦怎么样？”鞠武问道。

“吕不韦被遣往河南封地一年后，诸侯各国的宾客都纷纷前往问候，使者络绎不绝于途。秦王获知，知道吕不韦的势力犹在，怕他联合诸侯各国而发动叛乱，遂写信给他说：‘你对秦国有何功劳？秦国却封你在河南，食邑十万户。你跟秦王有什么血缘关系？却号称仲父。你还是带着你的家眷迁往蜀中吧。’吕不韦见秦王逼迫渐紧，害怕日后被杀，于是饮鸩而死。”

“吕不韦死得真惨！这个秦王是够狠的！他为了自己的王位，竟然不肯承认自己与吕不韦的血缘关系，还活生生地逼死其生父，这样的秦王恐怕非秦国之福，更非天下之福。”鞠武情不自禁地感叹道。

“所以，太傅您一定要给我想个办法，除掉这个秦王，为天下除害，为燕国一雪耻辱。”

望着太子丹热切的目光，想着他刚才所述说的一切，鞠武一时陷入了沉思。

3. 鞫武之计

"太傅，有没有想出一个好的计谋?"太子丹归来七天，这已是第三次来太傅鞫武府中。

虽然鞫武自太子丹归来后天天闷在府中苦思冥想，可是，就是想不出一个可行的谋略，既可以一雪太子丹所受的屈辱，又能保证燕国的国家安全。

见鞫武半天没有回应，太子丹又说道:

"太傅不是一向都是足智多谋，举步之间就有妙计吗?怎么现在这么多天也想不出一条妙计呢?"

见太子丹这样说，鞫武只得回答道:

"殿下，秦国乃天下之霸，燕国只是区区一个小国，如何能够奈何得了强秦?"

"如此说来，我们就只能坐以待毙了吗?难道我的屈辱，燕国的屈辱就这样咽下去不成?"太子丹不满地质疑道。

鞫武见此，立即给太子丹斟了一盏酒，让他安定了一下情绪，然后才从容说道:

"殿下，您也知道秦国的历史与现状。秦国本来只是西部边陲的一个小国，而且屡受西戎诸国欺凌。但是，自秦孝公任用卫人商鞅变法以后，国力日益强盛。到秦惠王时代，秦国通过与魏国的长期战争不仅夺回了秦晋相争时代失去的河西之地，而且采取不断袭扰的方式越河而东，进攻魏国河东本土地区，最终迫使魏国将河西之北的上郡十五县都献给了秦国，魏都也被迫东撤到东部的大梁。从此，昔日的天下之霸魏国逐渐衰落，魏惠王被人讥称为梁惠王。如今魏国不仅实力比不上齐国与楚国，甚至连赵国都不如，已沦落为三流国家了。"

说到这里，鞠武停了下来，看了看太子丹，见其神情专注，不再像刚才那么情绪激动了。于是，接着向太子丹提了一个问题：

"魏国为什么由盛而衰，由强变弱？不都是因为秦国强力崛起，秦魏实力此消彼长的结果吗？而今，强秦天下独霸的格局已成事实，试问天下诸侯有谁能与之抗衡，能撄其锋？"

"那楚国如何？"鞠武话音未落，太子丹连忙问道。

鞠武看了看太子丹，没有犹豫，便接着说道：

"楚国地大物博，人口众多，早在几百年前就是诸侯国中实力最强的。苏秦游说楚威王有曰：'大王之国，西有黔中、巫郡，东有夏州、海阳，南有洞庭、苍梧，北有汾泾、郇阳。地之方圆五千里，带甲雄兵过百万，战车千乘，骏马万匹，粟支十年'，实在不算虚言。但是，当秦国在秦惠王执政时期强力崛起后，楚国便逐渐由盛而衰。楚怀王时代，楚国因受张仪欺骗而倾全国之兵对秦发动了进攻，结果却被秦师打得大败，斩首八万，楚将屈匄亦被秦师所虏，楚国痛失丹阳、汉中之地。后来，楚怀王不听群臣劝谏而至秦都，结果被秦国扣押，客死秦国。从此，楚国实力日益削弱，现在也无抗衡秦国的实力了。"

"那齐国呢？"太子丹又反问道。

"齐国虽是山东大国，但是实力也不能与秦国相提并论。"

"依太傅的看法，秦国天下无敌，那包括燕国在内的山东六国就应该对强秦俯首听命，坐以待毙了？"太子丹直视鞠武质疑道。

"俯首听命，坐以待毙，都没有到那个份上。对付秦国的办法还是有的，为殿下、为燕国雪耻的机会也是有的。但是，有一个前提条件。"

"什么前提条件？"太子丹急切地追问道。

"山东六国必须同心同德，合纵以抗秦。"

"太傅的意思是说，对付秦国的办法就是苏秦原来用过的办法，合山东六国以为纵？"

"正是。"鞠武肯定地点点头。

"可是，苏秦的'合纵'最后不是破裂了吗？秦国没打过来，齐国与赵国却自己先打起来了。"

"对啊，苏秦的'合纵'是破裂了，齐国与赵国自己打起来了，而这恰恰是山东六国没有同心同德的结果啊！如果山东六国能够同心同德，苏秦的'合纵'之盟能破局吗？想当年，苏秦游说山东六国之王，合纵成功后，挂六国相印，自任纵约长，秦兵不敢窥函谷关外十五年。当此之时，天下之大，万民之众，王侯之威，谋臣之权皆决于苏秦之策。由此，山东六国不费斗粮，未烦一兵，未战一士，未绝一弦，未折一矢，诸侯相亲，贤于兄弟。那是一个多么恬静太平的世界啊！"

看着太傅说到昔日太平盛世而陶醉的情状，太子丹不禁也深受感染，连连点头。

鞠武见此，续又说道：

"如果当初山东六国都明白'合则两利，斗则两败'的道理，那么山东六国的实力就不至于这么弱，强秦就不会逼迫我们六国这么紧。试想，如果当初魏国不兵围赵都邯郸，就不会有齐师'围魏救赵'而败魏师于桂陵，一举覆灭魏国之师八万余人；如果魏国吸取教训，十四年后不再起意吞并韩国，那么就不会有齐师'减灶诱敌'而覆十万魏师于马陵的惨剧发生；如果魏国不同室操戈，而是集中力量对付西面正在崛起的秦国，加强河西之地与上郡十五县的防守，不让秦国有出函谷关的机会，那么魏国至今都还是天下第一的强国。"

太子丹听了连连点头，表示认同。

鞠武顿了顿，看了看太子丹，又继续说道：

"魏、齐二国，如果当初不听从由秦国负气出走的枭雄公孙衍的挑唆，而共同起兵伐破赵国，那么苏秦组织的山东六国'合纵'之盟就不会瓦解，山东六国与强秦恐怖平衡的局面就不会打破，六国之间就不会再起纷争而自相残杀。如果当初齐国不趁燕国国丧期间偷袭燕国，那么就不会有楚威王率师乘机偷袭，打到齐国徐州一事。齐国没有徐州之役的失败，就不会结怨于楚国，从而导致楚怀王时期齐国与秦国合兵共同伐楚，使楚国大败而元气丧尽。如果没有魏伐楚的'陉山之役'，就不会有后来楚伐魏的'襄陵之战'。而如果没有魏楚二国的相互攻伐，就不会使二国元气受伤。山东六国之间诸如此类同室操戈之事，说起来真是不胜枚举。而正是这些内讧，让秦国乘机钻了空子，一边借机赢得了自身实力增长的机会，一边又削弱了山东六国的实力。然后，利用六国之间的矛盾，实行远交近攻的战略，从最弱的国家动手，采取各个击破的战术，将六国一个个歼灭。而今韩国几乎处于灭亡的边缘，魏国的处境亦如此，这都是秦国各个击破战术的结果。"

鞠武说到这里，太子丹突然插话问道：

"秦国这些年接二连三地对赵国发起进攻，是否意味着赵国如今已是被秦拿住的最软的柿子，是即将各个击破的又一个对象？"

"正是。殿下目光敏锐，一眼就看穿了强秦的战略意图。"鞠武鼓励道。

"如果韩国灭亡了，魏国也接着灭亡了，赵国就成了燕国最后一道屏障。如果赵国这道屏障也没了，是否燕国就是第四个被秦国击破的对象呢？"太子丹又问道。

"从目前的形势看，肯定是这样。因为韩、魏二国已是秦国的囊中之物，秦国可以随时灭之。只是现在碍于赵国的抵抗实力还比较强大，秦国需要利用韩、魏二国作为防止赵国反攻的屏障，暂时多让韩、魏二国苟活些时日而已。"

"如果赵国最终抵敌不住秦国的不断进攻，韩、魏、赵三国同时灭亡，那么燕国就真的死无葬身之地了。"太子丹不禁更加忧虑地说道。

"是啊！这正是我刚才强调山东六国要加强团结，同心同德的原因所在。"

"那么，太傅，您觉得现今重新组织山东六国'合纵'之盟还有可能吗？"太子丹急切地问道。

"这正是老臣这些天来一直思考并忧虑的问题。"

"为什么？"太子丹又问道。

"老臣忧虑的不是山东六国重新'合纵'为盟的可能性，而是齐楚二国君臣至今看不到自己的危机与灭顶之忧。"

"太傅的意思是说，重新组织山东六国'合纵'抗秦之盟的障碍在于齐楚二国，是吗？"

鞠武点点头，说道：

"正是。韩国、魏国因为秦国这些年来接二连三地攻伐与侵夺，早已奄奄一息了。他们都知道，自己的灭亡是迟早的事。赵国现在正被秦国不断的进攻拖得精疲力竭，知道自己不是秦国的对手。当然，燕国就更不必说了。因此，韩、魏、赵、燕出于强秦逼迫日紧、灭顶之灾就在眼前的共同处境，真心实意联合起来，加入'合纵'之盟，完全不会三心二意。因为这是其国家利益之所在，他们比任何时候都需要这个'合纵'联盟。但是，齐、楚二国的情况则不然。"

"齐、楚二国的情况有什么不同？"太子丹立即反问道。

"齐国处于山东六国的最东面，西面有魏、赵、韩，南面有楚，北面有燕，东边是大海，秦国无论从哪一面都不能直接攻伐齐国。所以，齐国君臣都会认为，齐国在地理位置上占有天然优势，强秦再强，也不能奈何齐国。因此，他们认为，秦国与其他五国相争，自己完全不必选边站，只要作壁上观，然后从中渔翁取利就可以了。"

太子丹听了，连连点头。

鞠武见此，又继续说道：

"楚国呢？情况亦然。楚国自以为地大物博，地理上又有武关、方城可恃，觉得秦国不敢对他如何。因此，楚国总有一种苟且偷安的想法，对于秦国与魏、韩、赵等国频繁地征伐采取一种视而不见的态度，甚至还寄望于秦国与魏、赵等国的实力消耗后，自己能坐收渔翁之利。苏秦'合纵'之盟破局后，公孙衍曾组织过一次山东六国攻打秦国的战争，推举楚王为纵约长。但是，当魏、韩、赵、燕等国的军队齐聚函谷关下，眼看就要攻入函谷关中，陈于武关之下的楚国军队却按兵不动，不与其他国家军队协调行动，以牵制秦国军队对东线函谷关外的压力。结果，秦国得以调动原来用以抵御楚国进攻的军队支持东线战场，加上齐国军队临阵缺席，终使山东六国共同伐秦的战争归于失败。从此，秦国对于魏、韩、赵的侵扰更加肆无忌惮了。"

"每个国家都有自己的国家利益，而且始终会把自己的国家利益放在首位。因此，六国伐秦，齐国临阵脱逃，楚国按兵不动，都是可以理解的。齐、楚二国觉得自己处于比较安全的地位，当然不肯与韩、魏、赵、燕四国同心协力，与秦师拼死相搏。"太子丹说道。

"殿下说得不错。正因为齐、楚二国在对秦斗争中都有明哲保身的想法，而且存有一种侥幸心理，想坐视秦与四国争斗，然后从中取利。岂不知，当四国灭亡之日，不仅不是齐楚二国从中取利之时，而是灭顶之灾来临之日。可惜，齐、楚二国的君臣直到今日仍然看不透这一层。这才是老臣最感忧心的。"

"太傅既然知道齐、楚二国有患得患失的心理，以前不肯与魏、韩、赵、燕四国同心，那么您怎么可以肯定重新组织山东六国'合纵'之盟后，齐、楚二国就能坚心不变呢？"

鞠武见太子丹对重新组织山东六国"合纵"之盟持消极态度，决定好好开导一下他，让他明白自己为什么会提出这个想法。于是，从容说道：

"殿下，此一时也，彼一时也。以前，齐、楚二国实力很强，几乎与秦国不相上下。就齐国而言，因为它地理位置上不与秦国交界，所以它在客观上也无法直接与秦国交战。就是有心与秦国交战，还得越过魏、韩二国。因此，齐国扩张版图的战略历来都是北取燕，西取赵、魏。因为就近吞并邻国的领土具有可行性，攻之则能守，可以直接壮大自己的实力。而与魏、赵、韩、燕、楚五国'合纵'联盟，共同攻打秦国，就是战胜了，也是与秦国毗邻接壤的楚、魏、韩三国直接得利。纵然能够瓜分秦国领土，也无法越境实际占有与管理。因此，基于自己的国家利益，齐国一向热衷于伐燕、伐魏、伐赵，而对山东六国'合纵'抗秦兴趣不大。就是勉强加入'合纵'之盟，也是患得患失。但是，现在情况不同了。而今的齐国已非昔日的齐国，五十年前燕将乐毅伐破齐国之后，齐国就一直没有恢复元气，至今仍一蹶不振，实力其实已在赵国之下。现在秦国集中精力攻打赵国，如果赵国灭亡了，燕国也就不保。而燕、赵不存，秦国大兵就会从北面、西北两个方向压向齐国。再说，魏、韩早已被秦国收拾得差不多了，现在只是名存实亡而已。如果秦国再派一路大军，从正西越过魏、韩之境，配合从西北与北面进攻的秦国军队，齐国焉有不亡之理。因此，如果老臣组织'合纵'之盟，跟齐王讲清目前的形势，晓以利害，相信齐王会真心诚意地与山东其他五国结盟。"

太子丹听了鞠武的分析，觉得非常透彻，遂连连点头。

鞠武见此，遂又接着说道：

"楚国呢？情况亦然。以前它在人口、土地面积乃至物质财富方面都远远超过秦国，是天下独一无二的强国。但是，随着秦国的日益崛起与侵夺魏、韩二国领土屡屡得手，秦国的实力早已超过了楚国。加上，早在苏秦'合纵'前后，楚国不断与齐国、魏国征战，已在同室操戈中削弱了自己的实力。到楚怀王时期与秦国爆发全面战争而痛失汉中、丹阳之地后，楚国已经彻底从一流国家沦为二流国家。至于楚怀王被秦国人扣押而客死于秦，更是让楚国人对秦国畏之如虎，对楚国的复兴没有了信心。因此，如今的楚国比之齐国，更显没有安全感。又因为齐国不与秦国毗邻交界，而秦楚则是山水相邻。秦国大兵只要一出武关，从方城而下，就可直捣楚都，让楚国灭亡。基于这种形势，如果老臣南游楚国，以利害而说楚王，相信他是能够接受与山东五国'合纵'结盟的。"

说到这里，鞠武顿了顿，看了看太子丹的反应。见其神情专注，遂又接着说道：

"国家与人一样，只有共处患难之中，才能同心协力，共克艰难。而今魏、韩处于灭亡的边缘，赵国已经朝不保夕，燕国则更是如危巢之卵，齐、楚眼看危机已经逼近，这个时候六国已经没有选择的余地，也没有患得患失的可能，大家唯有抱成一团，共同对付强秦，才都有生存下来的可能。否则，离心离德，患得患失，必将被强秦各个击破，死无葬身之地。老臣相信，将这些道理给山东六国之君讲清楚，新的'合纵'之盟会比以前任何时期都要坚不可破。只要六国团结一心，强秦必然会屈服。届时，燕国与殿下的屈辱也就可以得到洗雪了。"

看着太傅信心满满的样子，太子丹却没有心情振奋的意思，反而更加忧虑地说道：

"太傅的计划当然不错，我也相信太傅游说六国诸侯的能力不在当初苏秦之下。但是，太傅不知想过没有，苏秦当初游说山东六国组织'合纵'之盟，那是费了很多年的周折，并非一蹴而就。虽然现在的形势与苏秦时代不同，但是现在六国的实力也都不比当初。纵使真的能够'合纵'成功，山东六国地域广阔，太傅从中协调斡旋，也要费时甚多。怕只怕，太傅的'合纵'之盟尚未成功，秦国已经灭了赵国而打到了燕国。就算时间来得及，如今山东六国加起来的实力是否能够超过强秦一国，也不能下定论。秦国以一国而敌六国，虽表面上处于寡不敌众的不利地位，但是由于其军政统一，战斗力很强。而联合起来的山东六国，军队人数可能超过强秦，但战斗力如何，则是令人忧虑的。因为六国之师不可能像秦国那样军政统一，令出必行。因此，丹以为太傅的计谋虽好，但解决不了目前的困境。"

鞠武见太子丹这样说，不禁感到心灰意懒。于是，反问道：

"那么，依太子的看法，该计从何出？"

"我就是因为没有什么可施之计，才一而再，再而三地请求太傅为我筹策。望太傅妥为谋策。"

"好吧，容老臣思之。"鞠武毫无信心地点头应道。

第二章　聚客

1. 鞠武荐贤

与鞠武长谈过后，三天过去，太子丹仍然不见他想出合适的计谋。于是，情急之下裂帛为书，给鞠武写了一封书信：

丹不肖，生于僻陋之国，长于不毛之地，自幼无缘聆君子雅训、闻达人之道。年稍长，幸得师从太傅，得太傅耳提面命，茅塞渐开矣。丹闻之："丈夫所耻者，受辱不能伸，有耻不能雪，而苟活于世；贞女所耻者，见劫而亏节，受污而蒙羞，而求死不得。"故自古以来便有刎颈而不顾、赴鼎而不避者。刎颈而不顾，赴鼎而不避，非其乐死而忘生，乃其心有所守也。"士可杀，不可辱"，此之谓也。今秦王反戾天常，虎狼其行，遇丹无礼至极，亘古罕见。丹每念及此，常彻夜难眠，痛入骨髓，泣血锥心。然燕乃北鄙之小国，纵举全国之众，亦不能与强秦相敌。若与之旷年相持，力固不足矣。故丹不揣固陋，欲陈鄙意于太傅，幸垂察之。太傅欲为"合纵"之计，合山东六国之力以抗秦，固为妙计也。然恐旷日持久，难以奏效。故丹意欲收天下之勇士，集海内之英雄，倾燕国之所有，虔诚以奉养。然后，发重币，遣勇士，甘言卑辞以见秦王。秦王贪我之厚赂，信我之甘辞，必无防我之心。当此之时，我之勇士奋袂而起，一剑可当百万之师；须臾之间，可雪丹万世之耻。如若不然，令丹有何面目苟活于世；纵死，亦含恨于九泉。丹之耻，即燕之耻，亦太傅及燕大夫之耻也。今谨奉书，愿太傅熟思之，深察之。

太傅鞫武接获太子丹书信，读毕心中百味杂陈，既为太子丹的冲动而忧虑，又为燕国的前途而担心。为此，他感到非常无奈。不过，感慨一阵、感叹一番之后，鞫武不得不面对现实，亦裂帛为书，给太子丹回了一封书信。信曰：

臣闻之："快于意者亏于行，甘于心者伤于性。"今殿下以秦王非礼为奇耻大辱，日夜思而报之。此情此念，臣知之深矣。故殿下今欲灭悁悁之耻，除久久之恨，老臣理当粉身碎骨而赴之不避。然静而思之，窃以为，殿下乃燕之储君，一人而系千万人之身家性命，当以国之前途、民之福祉为念，凡为一策，凡有一动，皆当以大局为重。先贤有曰："小不忍，则乱大谋。"愿殿下三思！昔越王勾践兵败于会稽，俯首下气而侍吴王。归国后，卧薪尝胆，十年生聚，十年奋斗，终灭吴而雪前耻。忍一时之小忿，成未来之大业，乃圣贤之胸怀也。臣虽愚鲁，然窃以为，智者不冀侥幸而邀功，明者不苟纵情而顺心。事必成，然后方举；身必安，然后可行。如此，方能行无失举之尤，动无蹉跌之恨也。今殿下贵匹夫之勇，信一剑之任，而望成其大功，臣以为非上策也。为燕国计，为殿下计，臣愿南走而合纵于楚，西进而并势于赵，说韩魏而成"合纵"之盟，然后图秦，秦可破也。如此，则殿下之耻除，愚鄙之累解矣，愿殿下思之虑之。

太子丹接书，见鞫武固执己见，仍主张"合纵"以抗秦的策略，不同意自己派刺客直接行刺秦王的谋划，遂大为不满。书信未读完，便掷之于地，并立即喝令左右将鞫武召到太子府中。

鞫武奉命来到太子府中，见太子丹一反常态，不仅不像以往亲到门外迎接，而且还态度傲慢，侧卧于榻上而待他的到来。鞠武一见，心中已然猜出其中情由，但是仍假装不知就里，问道：

"殿下召老臣，有何见教？"

"太傅觉得丹之计不可用？"

鞠武见太子丹说话口气生硬，知道不能像往常那样说话直来直去了，遂避其锋芒，没有直接回答太子丹的话，而是语气柔婉地说道：

"臣以为，殿下若听臣言，用臣计，则易水之北，永无秦忧，四邻诸侯亦必有求于我也。"

"太傅之计，行之旷日持久，丹不能待矣。"

鞠武见太子丹如此不理智，态度又如此蛮横，虽然意甚不平，但仍然心平气和、语气柔婉地说道：

"臣为殿下计之熟矣。应对强秦，臣以为疾不如徐，走不如坐。合楚、赵，连韩、魏，游说齐，虽需时日，但其事必成。"

虽然鞠武说得信心十足，但是太子丹却高卧不听。

鞠武见此，知道已经无法说服太子丹了。沉寂了一会儿，狠了狠心，说道：

"殿下既然主意已定，老臣又不能谋得妙计，今只得遂殿下之愿，为殿下推荐一位异人。其人深中有谋，愿太子见之。"

太子丹一听，立即从榻上坐起，瞪大眼睛望着鞠武，急切地问道：

"何人？"

"田光。"

"太傅说的是不是那个江湖上相传的著名侠士田光？"

"正是此人。"鞠武肯定地点点头。

"那好，太傅赶紧为我召田光。"太子丹兴奋地说道。

"遵命。老臣明日就去拜访田光。"鞠武一边这样说着，一边躬身施礼，然后倒退着与太子丹作别。

秦王政十六年，燕王喜二十四年（前231）正月初九，正是北国天寒地冻，滴水成冰的酷寒时节。但是，为了太子丹的嘱托，鞠武不得不一大早就冒着呼啸的寒风，驱车出城了。今天，他要赶到离燕都蓟五十里的郊外，因为田光就住在那里。

田光乃赵国侠士，学识渊博，武功高强，堪称智勇双全。虽然诸侯各国之君都有意网罗他，但是他不满诸侯各国相互争战、尔虞我诈的现实，决意远离官场。于是，便带剑远走江湖，行侠仗义，为世上弱势之人打抱不平，故江湖上人称"节侠"。十几年前，田光行走到燕国之都蓟，结识了很多燕国的侠义之士，其中就包括身为燕太子太傅的鞠武。

鞠武虽与田光倾心相慕，但并非是整天混在一起的酒肉朋友。身为太子太傅，鞠武担负着教导燕太子丹的重任，因此很少出城。而田光则很少进城，因为来自诸侯各国的侠士都喜欢聚在燕都之郊，一来可以切磋武艺，二来也可远离燕国法律制度的约束。也正因为这个原因，鞠武与田光实际上是很少见面的，只是彼此心心相印，在心里记挂着对方而已。

坐在马车里的鞠武，出城之后，一边看着城郊广阔的田畴沃野，一边想着与田光结交的往事以及即将与田光见面的情景。然而屈指一算，鞠武发现二人竟然已有三年多没有相见了，尽管只是一个在城里，一个在城外，只有几十里的距离。

"吁！"

日中时分，马车驰到一座小山脚下时，车夫突然"吁"了一声，马车便戛然停下了。

正在车中想得出神的鞠武，因毫无防备，差点被车夫这突如其来的收缰住车颠得弹出车外。

没等鞠武追问原因，车夫就指着山脚下的一座茅舍，问道：

"太傅，您看那是不是田光先生的住所？小人记得，三年前太傅来拜访他时，就是在此下车步行而到那座茅舍的。"

鞠武从车中探头往山脚下望了望，然后点点头。车夫于是上前，伸手搀扶着鞠武下了马车。

"你在这候着，等老夫前去与田光先生相见。然后，再载田光先生一道回去见太子殿下。"鞠武一边说着，一边就径直往山脚下的那座茅舍走去。

鞠武之所以驻车山脚之下，而不让车夫直接把马车赶到田光所住的茅舍前，一是因为往前走的山路马车不好通行，二是为了显示拜访田光的诚意。

走了约一顿饭的工夫，鞠武终于气喘吁吁地到了田光的茅舍门前，因为年岁大了，走这段山路已经相当吃力了。

站在门前喘息了一会儿，等气平了，鞠武这才上前敲门。可是，敲了半天，没有人出来应门。鞠武心想，田光是个习武之人，不至于时至正午还在睡懒觉吧。莫非他又出去与朋友相聚，或是找人切磋武艺去了？

正当鞠武这样猜测时，突然听到身后有人说话：

"是不是来找田光先生的？"

连走路的声音都没听到，怎么突然有人到了自己身后呢？鞠武不禁吓了一跳，连忙转过身来。一看，这才发现原来是一位老者，长发披肩，白须飘胸，颇有一副仙风道骨的模样。鞠武连忙上前躬身行礼，问道：

"先生认识田光先生吗？"

白须老者点点头。

"莫非先生也是结庐于此的侠士？"鞠武又问道。

白须老者又点点头。

"先生如何知道在下是来找田光先生的？"

"官人若非来找田光先生，何必弃车步行至此，叩门再三？"老者反问道。

鞠武一听白须老者不仅知道自己所来何为，而且还洞悉了自己

的身份，心想，真是神了！看这个人也不简单。于是态度更加谦恭
地问道：

"在下与田光先生是多年好友，今特意登门拜访，然叩门甚久，
不见有人出来应门。不知田光先生现在何处，还望先生指点！"

白须老者见鞠武态度谦恭，于是莞尔一笑道：

"官人来得真是不巧，也就是差了一步。"

"此话怎么讲？请先生明教。"

白须老者见鞠武有些着急的样子，反而不急，顿了顿，这才从
容说道：

"田光先生十天前刚刚离开。"

"到哪里去了？"

"大概是回赵国了。"白须老者眼神有些飘忽地说道。

"为什么突然要回赵国呢？"鞠武更加着急了，因为太子丹一时
三刻就要急着见田光。

"他杀人了。"

鞠武一听，立即瞪大眼睛，吃惊地看着白须老者。

白须老者见鞠武似有不信之意，于是就补了一句道：

"因为路见不平，出于正义而拔刀。"

"那杀的到底是什么人？"鞠武连忙追问道。

"一个恶霸。"

"请先生详说之。"鞠武一边谦恭行礼，一边急切地催促道。

"十天前的早晨，一个年迈的老汉，赶着一牛车的柴禾到集上
售卖。走到街口时，由于车上所装载的干柴体积较大，而街道入口
又很窄，就将出入的街口堵住了。老汉虽然着急，但牛车进退不
得，一时手足无措。就在此时，迎面驰来一驾马车。"

鞠武听到此，连忙问道：

"车里坐的是不是就是那个恶霸？"

白须老者点点头，继续说道：

31

"那个恶霸见马车突然停下来，就厉声喝问车夫。车夫告以实情，恶霸怒气冲冲地下了车，走到那辆牛车前，喝令老汉让路。老汉一见恶霸凶神恶煞的样子，早已吓得手足无措，呆在了那里。"

"接着呢?"鞠武急切地问道。

"恶霸以为老汉故意不让，于是从自己车夫手里夺过马鞭，朝着老汉劈头盖脸一阵狂打。打得老汉跪地哀嚎，身体缩成了一团。恶霸见此，又用脚猛踢老汉。旁边围观的人虽然都同情老汉而痛恨恶霸，但却无一人敢站出来制止，甚至连喘一口大气的人也没有。结果，老汉被恶霸踢得口吐鲜血，捂住心口满地打滚。"

"这样，可要出人命啊?"鞠武脸色都变了。

"就在这时，田光先生看见街口人头攒动，却始终不见人流涌动，便挤向前去。一问，才知道前面因为道路受阻而正在打架。田光先生一向同情弱者，知道一旦有打架的事发生，总是弱者吃亏。于是，就分开人群挤了进去。当他看到那老汉被恶霸踢打得口吐鲜血，顿时怒不可遏。于是，上前一把扯住那恶霸的后襟，高高举起后，抛到了马车中。"

"结果怎么样?"鞠武紧张地问道。

"大家都以为，田光先生这一摔，肯定把恶霸摔散了骨架，他再也爬不起来了。哪知道，这个恶霸武功挺好，一纵身从马车中跃出。说时迟，那时快，在跃出马车的同时，顺手抽出了腰佩的长剑，凌空向田光先生劈下来。"

"那田光先生躲开没有?"鞠武急切地追问道。

白须老者看了看鞠武神情紧张的样子，故意顿了顿，然后才继续说道：

"田光先生只轻轻一闪，在躲过恶霸劈下的一刀的同时，顺手在他的右臂上击了一掌，那柄长剑便'当啷'一声掉到了地上。与此同时，恶霸也立身不稳，左腿触地，倒在了地上。大家都以为，这下恶霸该服了，会跪地求饶了。没想到，恶霸是有意趁着跪地的一瞬间，抢起掉到地上的长剑，顺势又向田光先生刺来。"

"田光先生这次躲过了没有？"鞠武又急切地问道。

白须老者莞尔一笑道：

"当然躲过了。田光先生见此恶霸毫无收敛之意，遂反身使了一个扫堂腿，绊倒恶霸后，顺手夺下他手中的长剑，怒不可遏地砍下了他的头颅。"

"接着，田光先生就逃走了，是吧？"鞠武又问道。

白须老者又是一笑，说道：

"田光先生杀了恶霸，围观的百姓一片欢呼。田光先生则不慌不忙地扶起那卖柴禾的老汉，然后又帮助他从牛车上卸下柴禾，疏通了进出街口的通道。然后，才从容地拱手与围观的人们作别。回到他寄住的这所草庐，稍微收拾了一下，就背着简单的行囊，离开了这儿。"

"请问大侠，您刚才说田光先生是回赵国了，能确定吗？"鞠武谦恭地问道。

"虽然不敢十分肯定，但大抵不差，因为有人看见他过易水往西而去，且他本来就是赵国人。如果官人想找他，估计到了赵都邯郸，好好打听一下，以田光先生的名气，是能找到下落的。"

"谢谢大侠指点。"鞠武一边躬身施礼，一边说道。

告别白须老者后，望着眼前空空如也的田光旧居，想着太子丹的殷切嘱托，鞠武不禁万分沮丧。虽然老者刚才告知田光是回到了赵国，但是偌大的赵国，如何能够轻易找到他。就算能够找到，那恐怕也要旷日持久，并非一日之功。这如何向太子丹交代呢？想到此，鞠武不禁一时呆在了那里。

呆了好久，鞠武突然醒悟过来，必须立即回去向太子丹报告情况，然后筹集路资，往赵国去寻田光。

回到城里，鞠武径直奔往太子府，将情况如实向太子丹作了禀报。太子丹没有犹豫，立即令人托出三百金，让鞠武马上往赵国邯郸，务必要将田光请回来。

2. 双雄会

就当鞠武奉命前往赵国召请田光之时，太子丹也没闲着。对于鞠武到底能不能召请到田光，他心里没底。就算召请到，田光到底愿不愿意领受使命，也很难说。与其将所有希望都寄托于田光一人身上，还不如多做几手准备，这样也好有个回旋的余地，就像把所有的蛋都放在一个篮子里，如果有个闪失，那就一切全完了。想到秦国的逼迫越来越紧，他就越是觉得现在需要像齐国的孟尝君、楚国的春申君等人一样，门下必须聚积一批门客能人，尤其需要有几个关键时刻能够拼却一命报知己的豪侠。

想到此，太子丹立即找来门下两个心腹，一个是谢勇，一个是甘爽。他们都是从小伴随太子丹一起长大，且有些武功。

谢勇与甘爽闻召立即赶到。一见太子丹，谢勇就急切地问道：

"殿下，有什么吩咐？"

太子丹看了看谢勇，又望了望甘爽，然后神色严肃地说道：

"去给我找几个人？"

"殿下，您要找什么人？"一向都是立功心切的甘爽一见太子丹要派任务，立即问道。

"到民间物色几个侠士。"

"要什么样的侠士？"谢勇问道。

"只要武功高强就行。"太子丹毫不犹豫地说道。

"哪怕是地痞无赖，或是江洋大盗，都行吗？"甘爽问道。

太子丹一愣，顿了顿，语气肯定地说道：

"不管他人品如何，只要还能讲个'义'字，那就成。"

"明白了。"谢勇、甘爽齐声应道，说着便要转身而去。

"慢！"未等二人迈开脚步，太子丹就叫住了他们。

"殿下，还有什么吩咐？"二人同时转过身来问道。

"此事要秘密进行，不可为外人道也！如果找到合适的人选，你们可以径直把他们带来见我，但事先不要说出我的身份，只说有高人要见，与他们切磋切磋武艺。"

"殿下想得周到。"谢勇说道。

"殿下还有什么吩咐吗？"甘爽问道。

"快去快回，好自为之。"太子丹看了看二人，挥了挥手。

告别太子丹，谢勇与甘爽就去准备了。但是，一切准备完毕后，二人却开始犯难了。太子要的侠士到哪里去找呢？虽然没有方向，但二人还是策马出发了。

秦王政十六年，燕王喜二十四年（前231）三月十五，谢勇与甘爽已经在燕国各地转悠了两个多月，走遍了各个侠士经常出没聚集的城镇，也暗中观摩过许多侠士的比斗，但觉得其武艺并不十分精湛，达不到太子丹所要求的标准。为此，二人都为不得其人而感到苦恼。

这天，不知为什么，他们竟阴错阳差地走到了一个毗邻赵国的边境小镇上。一入街口，就迎面看见一个酒肆。酒肆并不大，也不怎么起眼。说是酒肆，其实有点夸张。事实上，它只是用几根木柱撑起的一个凉亭而已，却在外面挂了一个斗大的"酒"字招幌。

谢勇、甘爽随意打量了一眼，便信步走了进去，发现酒肆的东、西、北三面都用芦席围了起来，南面则敞开，正好临街。虽是四面通风，而且此时还是北国的初春，但走进店内却并不觉得有什么寒意。可能是因为整个镇子处于一个山谷之中，周围都是群山的缘故。

"二位爷早，请随意坐。"二人前脚刚迈进门槛，店小二就殷勤地迎上前来。

因为时间刚到巳时，店里还没别的客人。于是，二人就挑了南面临街的一个最好的座位坐了下来。

刚刚坐定，店老板就过来了，满脸堆笑地问道：

"客官，要喝些什么酒？俺们这里燕国烧、赵国烧，各国烧酒都有，就连秦国烧都有。"

"随意什么烧，只要能喝醉就行。"甘爽随口漫不经心地回答道。

"那好。客官，您稍等。小二，快给这二位爷燕国烧、赵国烧各来一坛。"

"诺!"

店小二答应一声，转身准备去拿酒时，老板又叫住店小二，补充道：

"还有，再拿一坛秦国烧来，让二位爷也尝尝味道。"

"诺!"店小二答应一声，一溜烟奔后院去了。

谢勇与甘爽一看，不禁心里发笑，这老板真够自作主张的，还有这么做生意的。

就在他们心里这样想着的时候，店小二已经抱出了三坛酒，一字排开，摆在他们面前。然后，又手脚麻利地拿来六只酒盏，每人面前各三盏。谢勇与甘爽知道他这是什么意思，也不说什么，就看着他打开三坛酒，然后每坛各倒两盏。

"二位爷请!"店小二倒好酒，一边弯腰向谢勇与甘爽作揖施礼，一边满脸堆笑地说道。

谢勇与甘爽相视一笑，然后各自端起面前右手一盏酒，一仰脖子，喝下去了。

"二位爷，你们刚才喝的是燕国烧。"店小二笑眯眯地看着他们说道。

谢勇与甘爽又同时端起中间那盏酒，正要喝时，店小二又像报账似的说道：

"这是赵国烧。"

二人没有答话，仰起脖子，又是一饮而尽。

店小二看二人喝得如此豪爽，遂兴高采烈地问道：

"二位爷，怎么样？"

谢勇与甘爽看了看店小二，咂了咂嘴，回味了好一会儿，也没觉得刚才喝下的两盏酒在味道上有什么区别。于是，不约而同地摇了摇头。

"那再喝喝秦国烧。"店小二指了指案上最后一盏酒。

二人看了看店小二，又彼此对视了一眼，然后端起面前的最后一盏酒，一仰脖子，又喝下去了。

"二位爷，这下不一样了吧？"店小二望着二人，急切地问道。

谢勇与甘爽又咂了咂嘴，回味了一会儿，再次不约而同地摇了摇头。

店小二见此，原来兴高采烈的笑容不见了，立即紧张起来，不知所措地呆在那里。

就在这时，店老板过来了。看到店小二站在那里发呆，便问道："怎么，客官不满意吗？"

店小二听老板问话，这才清醒过来，说道：

"二位爷没喝出燕国烧、赵国烧与秦国烧的味道有什么不同。"

老板一听店小二的话，立即满脸堆笑地对谢勇与甘爽说道：

"大概是二位客官刚才喝得太猛了，燕国烧、赵国烧与秦国烧虽都是高粱酿制，但工艺上有三国不同的特点，所以细细品味，三种酒的风味还是有差别的。小二，去弄几个小菜来，怎么让客官空口喝酒呢？"

"诺！"店小二一听老板这样说，便像挣脱了罗网的困禽，一溜烟走开了。

"二位客官，这燕国烧用的是我们燕国的易水；赵国烧呢，用的则是赵国的漳水；至于秦国烧，那是用的秦国渭水。三国水质不同，酿造出来的酒当然会有不同。不过，话说回来，三种酒虽然口感有差别，但也不会太大。如果不仔细品尝回味，一般人确实很难辨别出其间的差别。"

老板话说到这，没见谢勇与甘爽有什么反应。内心正着急时，店小二用木盘托了三碟小菜过来了：

"二位爷，小菜来了。"

老板见此，立即又有说辞了：

"二位客官，来点小菜佐酒，再小口慢慢品尝，相信一定会品出燕国烧、赵国烧与秦国烧各自不同的风味。"

老板一边说着，一边便亲自动手给谢勇与甘爽二人面前的三只酒盏斟满了三种酒，然后深深一揖，恭敬有加地说道：

"二位客官请！"

谢勇与甘爽见老板与店小二如此一番表演，心里更如明镜似的，知道老板所说的三国烧，其实就是一种酒的三种包装而已，是生意人推销买卖的一种把戏罢了。二人本来都有心要揭穿真相，但见老板如此一番谦恭的态度与说辞，也就不便发作了。再说，此次出来不是为了喝酒，而是帮太子物色侠士。于是，二人便心照不宣地端起酒盏，真的像老板所说的那样，慢慢品起了三国烧。

品着品着，二人不仅品出了三国烧就是一种酒，而且觉得酒味也不足，肯定兑了不少水。所以，二人从巳时直喝到午时，也还没有多少醉意，尽管今天的心情并不好。

看着已到日中时分，望着街上的行人越来越少，二人商量了一下，决定再吃点主食就准备结账离去了。可是，还没等二人张口喊叫店小二，就见一个身材高大、壮硕异常的汉子背着一柄长剑，直直地走了进来，看都不看人一眼，就径直坐到了临街的另一个食案前，离谢勇他们二人只有几尺远。

谢勇、甘爽二人不约而同地把目光聚向那壮汉，仔细打量了一番后，二人互对了一下眼神，然后由谢勇出面去搭讪。

"这位壮士，可否赏脸跟我们一起喝盏薄酒？"

那壮汉坐犹未定，就见有人来邀请喝酒，颇感意外。但是，望了望谢勇诚恳友善的眼神与一派正人君子的风范，便毫不犹豫地站起身来，坐到了谢勇与甘爽二人的食案前。

甘爽连忙腾出坐布团，并将自己的酒盏移到谢勇一侧，空出另一侧给那壮汉。

壮汉也不客气，未作谦让便大咧咧地坐下了。

谢勇未及坐下，就连忙招呼老板道：

"老板，过来。"

老板闻声立即小跑趋前，问道：

"客官，有什么吩咐？"

"不管是燕国烧，赵国烧，还是秦国烧，给我上最好的那种，酒钱不用担心。"谢勇一边有意将"最好"二字的语调加重，一边对老板使个眼色。

老板立即心领神会，连连点头，说道：

"客官，请放心，保证让三位满意！"

谢勇听老板特意强调了"放心"二字，心里就有底了。

不大一会儿，老板就亲自捧上一坛酒，说道：

"这是上等的秦国烧，请三位客官品尝品尝。"

谢勇与甘爽心里明白，他所谓的"上等秦国烧"，其实就是没有兑水或兑水较少的燕国烧而已。但是，他们都不想戳破真相。因为今天他们的任务是要考察眼前这个壮汉是否就是他们要找的侠士，而不是追究酒的真假。

当老板打开酒坛的封口要亲自给三人倒酒时，店小二早已摆好了三个新酒盏，同时将先前食案上的六只酒盏与三个酒坛搬开。

老板倒好酒后，谢勇与甘爽一起举盏，同声说道：

"壮士请！"

"二位请！"那壮汉也端起酒盏回应道。

于是，三人一起举盏，一起仰头，同时一饮而尽。

就在这时，又进来一个人。虽然人长得瘦小，却也腰佩了一柄长剑。

店小二见此，连忙上前招呼：

"客官这边请！"

那人一边拣店中央的一个食案坐下，一边朝临街座位的谢勇等三人瞥了一眼。见老板正在给三人不断斟酒，又听三人不断高声说道："好酒，好酒！"

"客官，您要喝点什么酒？"店小二端来三碟小菜，一边摆上食案，一边问道。

"你们有些什么酒？"瘦汉问道。

"有燕国烧，有赵国烧，也有秦国烧，还有楚国的米酒。"店小二不假思索地回答道。

"那三个客人喝的是什么酒？"

"秦国烧。"店小二说道。

"那就来坛秦国烧吧。"

店小二以为眼前的这位瘦汉是个普通人，于是就去抱来一坛兑了水的假秦国烧。打开封口后，先满斟了一盏给他递上。瘦汉接盏一饮而尽。店小二又斟满一盏递上，瘦汉又是一饮而尽。但是，喝到第三盏后，瘦汉却突然停下不喝了。

"客官，怎么不喝了？"店小二不解地问道。

瘦汉突然瞪大眼睛，面色铁青，一掌拍在食案上，酒坛、菜碟都滚到地上摔碎，食案也断成两截。

就在店小二还未反应过来，谢勇、甘爽和那大汉以及店老板也不知所以之时，只见那瘦汉从坐席上一跃而起，几步就抢到谢勇等人座前，伸手一把夺下那位壮汉的酒盏，说道：

"什么好酒？这根本不是什么秦国烧，是兑了不知多少水的燕国烧。"

壮汉被眼前这位瘦汉的无理举动所激怒，原本白净的面皮立即变得血红，高声吼道：

"是不是好酒，关你什么事？俺喝着觉得酒味足，味道醇。"

"俺是路见不平，对你们被骗还蒙在鼓里于心不忍，俺是看不下去。"瘦汉也怒吼着。

壮汉一听，更加愤怒了，如猛虎咆哮一样地吼道：

"你是把俺们看成傻蛋？酒好酒歹，俺们自己喝了还不清楚，要你来教训？告诉你，爷喝的酒比你喝的水都要多。看你那猴样！"

这一句，可把瘦汉气坏了。壮汉言犹未尽，瘦汉早已"嗖"地一声拔出腰间长剑，以迅雷不及掩耳之势向壮汉刺了过来。壮汉立在原地未动，只是身体向后倾斜了四十五度，刚好让瘦汉一剑刺了个空。

瘦汉见此，立即收剑，欲再刺第二剑。但是，壮汉早已纵声一跃，跳到了一边，同时霍地一下也抽出了腰间的长剑。然而，就在壮汉长剑尚未举起之际，瘦汉已经一剑刺了过来。说时迟，那时快，壮汉顺势踢起脚前的一个食案飞向瘦汉。瘦汉眼疾手快，用剑尖轻轻一拨，食案没有砸到自己，而是把整个朝北一面的芦席墙全部击倒。老板与店小二正在目瞪口呆之际，瘦汉已经跳到了北院，而壮汉则飞身追了出去。

"快，跟上去。"谢勇一扯甘爽的衣襟，也跟着一个纵身，跃过倒下的芦席墙，跳到了北院中。

"哎，客官，你们怎么都跑了，酒钱都没付呢！"老板突然醒过神来，大叫道。

谢勇突然听到老板的这声叫喊，连忙收住脚步，左手伸入右手衣袖中，掏出一把钱，返身扔进了店里。然后，又随甘爽一起追着壮汉与瘦汉，看他们比武去了。

北院是靠山的一片开阔地，亦有不少各色树木。谢勇一看这地势，觉得正是比武的好地方，不妨坐山观虎斗，看看这一壮一瘦的两个汉子到底武功如何。如果武功确实不错，那么就叫停他们，然后带他们去见太子。想到此，谢勇不禁眼角现出了一丝不为人察觉的笑意。但是，甘爽看出来了。他看了看那二位正拔剑相斗的汉子，又望了望谢勇一眼，会意地一笑。于是，二人心照不宣，跳到一边，静静地看着那壮汉与瘦汉争斗。

二人你来我往，剑来剑去，打了约烙十二张大饼的工夫，也没分出个高下来。甘爽靠近谢勇，悄声说道：

"看来二人武功不相上下，要不要叫停他们，直接带他们去见太子？"

谢勇连忙摆手道：

"不急，再看看。好像二人都没有使出什么绝招，看不出功夫的深浅。"

正当谢勇这样说着的时候，突见那壮汉猛地提高了刺剑的速度，那柄长剑上下翻飞，在树间洒下的日光辉映下，就像一条凌空飞舞的银蛇，让人目不暇接。

"好像壮汉武功要高些，你看他那剑法越来越严厉了，瘦汉看来只有招架之功，而无还手之力了。"甘爽凑近谢勇耳边说道。

谢勇摇摇头，不以为然地说道：

"你看，瘦汉虽然步步后退，但他的步子一点不乱，他这可能是要用招了。"

"不会吧。"甘爽不同意。

然而，就在甘爽话音未落之际，只见瘦汉已经退到了一棵古松之前。说时迟，那时快；就当谢勇与甘爽都还来不及反应的时候，瘦汉倒退着两脚"腾腾腾"地上了树，如履平地一般。而在壮汉与谢、甘二人都为之愣住的一瞬间，只见那瘦汉凌空从树上飞下，手中的那柄长剑闪着寒光，兜头就向树下的壮汉劈去。

"不好。"甘爽惊愕地失声叫了出来。

还好，在瘦汉的剑离壮汉头顶还有一拳头距离的时候，壮汉巧妙地闪躲过了。

"好险！瘦汉轻功好生了得！壮汉的闪避速度也是惊人。"谢勇情不自禁地评论道。

壮汉看瘦汉竟然使出狠招，遂也不甘示弱。躲过瘦汉凌空劈下的一剑后，壮汉立即近身向瘦汉发起进攻，一柄长剑舞得滴水不漏，速度之快让瘦汉这次真的是无法招架了。

瘦汉见此，乃故伎重演，再次且战且退，并利用身形瘦小灵活的优势，围着树木与壮汉周旋。壮汉见伤不到瘦汉，更加气急败坏。当瘦汉躲到一棵碗口粗的树后时，壮汉使出全身气力，一剑拦腰砍去，想连人带树一起砍倒。可是，树倒了，瘦汉却跳开了。

"过来啊！爷在这呢！"瘦汉一边围着林中的树木转圈，一边挑逗壮汉。

壮汉一听，更加气急败坏了，脸憋得像猪肝。气喘吁吁地围着树木追逐了几圈后，壮汉终于停了下来。站了一会儿，突然扔下剑。瘦汉以为壮汉认输了，遂也喘着粗气停了下来。然而，就在瘦汉一愣神的瞬间，壮汉突然一脚勾起近旁一根颇大的枯树干，向上一抛，双手接住，然后以迅雷不及掩耳之势，直直地向瘦汉掷了过去。

"不好。"

几乎是同时，一直站在一边冷眼旁观的谢勇与甘爽情不自禁地失声叫道，并紧张地闭上了双眼。

可是，当谢勇与甘爽睁开眼睛时，却见瘦汉远远站在一旁对壮汉咧嘴大笑。

"勇哥，这次俺们要叫停他们了。壮汉的蛮力，瘦汉的轻功，俺们都是看到的，这功夫不是一般人能有的。"

谢勇点点头，几个箭步向壮汉与瘦汉冲了过去，一边跑一边高声喊道：

"二位壮士，请住手！"

"二位壮士都是武林高手，今日可谓是棋逢对手，将遇良才，何不结交做个朋友呢？"甘爽也赶过来，站到了壮汉与瘦汉之间说道。

"我家主人喜好结交天下豪杰，不知二位肯不肯与我家主人交个朋友？"谢勇又说道。

可是，二人没搭腔。

甘爽见此，故意夸张地说道：

"我家主人不仅是个高人，而且武功也好生了得。二位若随我们走一趟，即使不能与我家主人结金兰之交，也可与我家主人切磋一下武艺，包二位不虚此行。"

但是，好半天，二人仍然没有接甘爽的话茬。甘爽急了，遂又说道：

"二位是否自认武艺不精，不敢见我家主人？"

"谁不敢？少废话，走！"壮汉弯腰拾起地上的剑说道。

"好！俺也愿意跟你们走一趟，看看你家主人到底如何了得！"说着，瘦汉也从树后跳将出来。

谢勇见此，一种"天下英雄入吾彀中"的得意感油然而生。但是，他没有将这种欣喜之情表现在脸上。

但是，甘爽则不一样。他见二人中了自己的激将法，顿时笑逐颜开。一边笑呵呵地走上前去与壮汉、瘦汉把臂示好，一边问道：

"还不知二位壮士高姓大名。"

壮汉躬了躬身子，脱口而出道：

"在下夏扶。"

"在下宋意。"瘦汉也欠了欠身子，自报了家门。

谢勇见此，连忙上前施礼，同时也自报了姓名：

"在下谢勇。"

"在下甘爽。"甘爽也连忙补报了家门。

"今日得遇二位壮士，实乃平生有幸。二位，俺们再去接着喝酒，如何？"谢勇提议道。

"好！"夏扶、宋意与甘爽几乎异口同声地答道。

3. 兄弟同心

"老板，上酒上菜。"一入刚才喝酒的酒肆，甘爽就高声喊道。

"这回不要再拿猫尿来糊弄大爷了，当心大爷把你这个破店给烧了。"宋意恨意未消地对老板说道。

谢勇见此，连忙说道：

"老板，最好的酒菜尽管端上来，钱不是问题。"

谢勇话音未落，甘爽就从袖中摸出一锭小金子，递给老板：

"拿着！"

老板一见金子，眼睛放光，比见了亲爹还亲。连忙回头吩咐店小二道：

"快将窖藏三年的那坛秦国烧拿上来，再去切一盘肉。"

酒菜上来后，老板亲自动手，给四位满斟了一盏，跪下身子，恭恭敬敬地一盏盏地递上。

"果然是好酒！"宋意喝了一口，就连声称赞道。

于是，四人你一盏我一盏，不到烙十张大饼的工夫，一坛十几斤重的秦国烧，就被喝得坛底朝天，三大盘肉也被吃了个精光。

打着饱嗝，迈着蹒跚的步伐，四人走出酒肆，飘飘欲仙地上了马，一抖缰绳，呼啸而去。

信马由缰，跑了约一个时辰，马也累了，人也被冷风吹醒了。

勒马停在了一座山脚下，四人顿时傻了眼，这前面没有路，周围都是连绵不绝的大小山脉。

"兄弟们，没有路了，怎么办？也不知道方向，太阳也下山了。"夏扶看了看四周，又看了看谢勇、甘爽与宋意三人，不无忧虑地说道。

"那俺们就调转马头往回走呗。"宋意不假思索地说道。

谢勇看了看天色，摇了摇头，又望了望大家，说道：

"兄弟们，天色已经黑下来了，如果调转马头往回走，到天亮时，俺们兄弟恐怕都走散了。依愚弟看，不如就地休息一夜，天亮再走。"

"在这荒山野岭，如果遇到豺狼虎豹怎么办？"宋意提出了疑义。

"趁着天色还没有完全暗下来，俺们去找些干枝枯叶，击石取火，烧起一堆火，既能驱寒，又能驱赶野兽。我们四人轮流睡觉，即使有野兽来袭，凭俺们四人的力量，应该不会有什么对付不过去的。"谢勇说道。

"谢兄考虑得周到。那俺们就动手吧。"

一夜无话。

第二天一大早，四人就打马而去。跑到日中时分，终于远远望见前面有一个村镇。于是，四人一起扬鞭，四匹马便像赌命似地狂奔起来。不一会儿，就到了村镇上。

一进镇口，看见一个酒肆，四人来不及比较挑选，便迫不及待地走了进去。

"老板，先来四盘肉，再上一坛好酒。"甘爽进门还没坐下，便吆喝道。

老板一见四个大汉进来，看看他们头上还沾着草，知道他们大概是露宿野外，好久没吃喝了。于是，连忙让店小二上酒上肉。

店小二端上四盘肉，还未放好，甘爽就从袖中摸出一锭小金子递上。老板在旁边看到，眼睛顿时笑成了一条缝，一边上前帮助摆放盘碟，一边催店小二道：

"快把那坛上等的好酒拿来，让四位好汉尝尝俺上等的赵国烧是啥滋味。"

谢勇一听，不禁一愣，怎么跑到赵国来了？顿了顿，连忙追问道：

"老板，这是赵国地盘吗？"

"客官，这是赵国地盘啊！只不过跟燕国靠得比较近而已。"老板不假思索地说道。

"那到燕国远吗？怎么走？"谢勇又连忙问道。

"不远，也就几十里地，马还没撒开腿跑，就到了。出门往右转，从大路一直往东，就到燕国了。"

"多谢指点！"谢勇与甘爽几乎异口同声地说道。

知道了身在何处，也了解了回家的方向，谢勇等四人放心了。放开怀抱，吃饱喝足之后，四人便起身打马往东而去。

进入燕国境内两天后，谢勇等四人继续起早摸黑向东北进发，希望早一点回到燕都蓟。因为谢勇与甘爽心里明白，太子丹肯定日夜悬望着他们完成托付的任务早日回去。夏扶与宋意虽然不知道即将要见的高人就是燕国太子，但心中对于高人的想象也使他们有急于一见的心情。

第三天，又到了日中时分，谢勇等四人刚想进入一个村镇喝点吃点，不意却在离村镇约一里的路口看到一群人。谢勇与甘爽想绕开他们快点进镇，以便吃喝好早点赶路。但是，夏扶与宋意喜欢凑热闹，又爱管闲事，执意要过去看看。

不看不知道，一看夏扶与宋意就高兴了。原来，里三层外三层围着的人墙里面，此时正上演着一场武戏呢。

"瞧，那赤膊汉子多壮实！"宋意兴奋地回过头来对谢勇与甘爽说道。

这时，谢勇与甘爽的好奇心也上来了，连忙挤到宋意旁边往里看。果然，看到一个光着膀子的汉子长得五大三粗，正抡着一柄长剑与两个身穿黑色衣服的大汉打得难解难分。

又打了约烙十张大饼的时间，那两个黑衣大汉好像力有不支，边战边向旁边退让。围观人群织成的围墙，则不时随着那两个黑衣汉子的退让方向而变动位置。不一会儿，三人边战边退，到了路左边的一个树林。

三人刚打到树林边上，突然从树上纵身跳下三个黑衣人，手持同样的长剑，与先前那两个黑衣汉子一样打扮。谢勇等人一看，顿时明白。原来，那两个黑衣汉子是有意且战且退，目的是要将那赤膊汉子引到树林中予以合围，这大概就是仇家追杀吧。

正当谢勇等人边看边想之时，被五个黑衣人围在垓心的赤膊汉子突然凌空跃起，脚尖从一个黑衣人肩上轻轻踏过，然后依次踏过其他四个黑衣人的肩膀。

"这是什么招数？真是了不起的轻功！"甘爽脱口而出赞道。

"这叫'蜻蜓点水'之功。"宋意不假思索地答道。

甘爽见宋意答得干脆，又知道他轻功也了不得，遂接口问道：

"为什么叫'蜻蜓点水'之功？"

"这种轻功练到化境，能够脚尖点着水面，像一阵风似的飘过几丈甚至十几丈的水面，就像蜻蜓飞行时贴着水面飞起又落下一样。"

"不说不知道，一说还真是很像呢！"甘爽连连点头道。

正在此时，谢勇叫了一声：

"快看！"

宋意与甘爽同时循声望去，只见那赤膊汉子再次被五个黑衣人围在垓心后，突然身子一缩，就地躺倒，就像一根巨大的圆木一样闪着寒光朝五个黑衣人的脚下滚过去。五个黑衣人一见，连忙躲闪，跳到一边。

"这是什么招数？好像江湖上也从未见过。"谢勇见夏扶捋须微笑，遂向他问道。

"这叫'就坡下驴'。"

谢勇一听，连说：

"形象，形象！不失为一个很有创意的招数。"

甘爽与宋意也连连点头。

就在四人沉浸于赤膊汉子"就坡下驴"的妙招之中时，突然又见那五个黑衣人在赤膊汉子从地上爬起立身未稳之时同时持剑围了上来。此时，赤膊汉子背后是一棵大树，五个黑衣人就将他连人带树一起围了起来。赤膊汉子背倚树干，转着圈子与五个黑衣人周旋。但是，随着合围的圈子越来越小，赤膊汉子似乎没有了回旋的余地。

"这一次赤膊汉子恐怕有麻烦了，真是好汉难敌众拳。谢哥，我们要不要出手相助？"宋意焦急地说道。

谢勇一边目不转睛地盯着那赤膊汉子，一边摇了摇手，沉静地说道：

"等一等！"

就在此时，只见赤膊汉子突然围着树干急速地转起圈子。谢勇等人看呆了，五个黑衣人也看得目瞪口呆。就在此瞬间，说时迟，那时快，赤膊汉子突然单手往上钩住一根树干，脚尖点地一纵声，一下子就跃上了树干。

"好轻功！"甘爽脱口而出赞道。

就在甘爽话音未落之时，赤膊汉子突然从树上纵身跃下。与此同时，只见一道寒光闪过，一根粗大的树枝应声向树下的五个黑衣人压了下来。五个黑衣人万万没有想到，躲闪不及，早有两人被树枝挂住。

"这叫什么招数？"谢勇向身旁的夏扶问道。

"这叫'乌云压顶'。"

"形象！"谢勇脱口而出道。

就在四人说话的当口，赤膊汉子又与五个黑衣人打了起来。

"谢哥，这次俺们要出手相助了。否则，赤膊汉子再强，也撑不住五人合攻的。"宋意说道。

谢勇点点头。于是，四人霍地一下同时从腰间抽出长剑，分开围观人群，纵声跃入场中。夏扶大吼一声：

"住手！"

话音未落，谢勇、甘爽、宋意就迅速站到了赤膊汉子一边，摆明了要帮他对付五个黑衣人。五个黑衣人一见这阵势，先是一愣，接着只听其中一人喊了一声：

"走！"

黑衣人刚走，夏扶就抢前一步，未及见礼，便对赤膊汉子说道：

"请问壮士尊姓大名？"

赤膊汉子对于突然出现在面前的四个不明身份的人感到一愣，看了看夏扶，又望了望谢勇、甘爽与宋意，警惕地后退了一步，没有答话。

谢勇见此，连忙上前躬身施礼，态度诚恳地说道：

"壮士可否借一步说话？俺们一起到前面镇上的酒肆喝盏酒，不知肯赏光否？"

赤膊汉子见谢勇颇是斯文，态度也诚恳，犹豫了一会儿，这才轻轻地点了点头。

谢勇见此，连忙对甘爽说道：

"快把我的马牵过来。"

甘爽不解，但还是去把谢勇的马牵了过来。

谢勇接过甘爽手上的缰绳，将马牵到那赤膊汉子面前，说道：

"壮士请！"

等到赤膊汉子上了马，谢勇将马缰递给了他。然后，翻身上了甘爽的马，与他共乘一骑。夏扶与宋意见此，也连忙各自上了马。于是，四匹马及五个人在围观众人惊异的目光中一眨眼间全消失了。

来到镇上，就在镇口的一家酒肆前，五人驻马一起进了店。

"老板，将你们最好的酒菜统统拿上来，这是酒钱。"甘爽一进酒店就招呼老板，并从袖中掏出一锭小金子给了他。

谢勇见了，会意地笑了。他明白，甘爽这是吸取了上次的经验教训，怕老板用劣酒充好酒，败了客人的兴致。

酒菜上来，谢勇先给那个赤膊汉子倒了一盏，然后依次给夏扶、宋意、甘爽与自己各倒了一盏，最后举起酒盏，说道：

"今天俺们又幸会一位英雄，可喜可贺！来来来，先喝了这盏。"

于是，五人一起仰脖子，一饮而尽。

一盏酒下肚，宋意开始兴奋起来，抹着嘴巴说道：

"好酒！确实是好酒！"

谢勇也觉得是好酒，但他没说。只要大家认为是好酒，喝得高兴了，那就什么都成了。于是，又开始给大家倒第二盏。但是，倒好了第二盏，谢勇却没忙着劝大家喝酒，而是停下来，望了望赤膊汉子与夏扶、宋意及甘爽，然后从容说道：

"唉，真是失礼！到现在还没给大家介绍。"

其实，在座的五位，需要介绍的只有赤膊汉子一人。因为先前甘爽请教他姓名时，他不肯说，所以谢勇故意以给大家介绍为名，引出赤膊汉子也道出自己的姓名。谢勇的话，大家都听得出弦外之音。于是，夏扶首先开口说道：

"在下夏扶，燕国人。"

宋意等人见此，也连忙自报家门道：

"在下宋意，燕国人。"

"在下甘爽，燕国蓟都人。"

"在下谢勇，也是燕国蓟都人。"

赤膊汉子见大家都自报了姓名，一派坦诚相见的态度。于是，嗳嚅了一会儿，终于道出了自己的姓名：

"在下秦舞阳。"

谢勇见赤膊汉子终于肯道出姓名，不禁欣欣然。于是连忙说道：

"有幸结识秦大侠，不仅是在下的幸运，也是我们在座三位兄弟的幸运。"

"是啊！是啊！"夏扶、宋意、甘爽三人异口同声地随声附和道。

秦舞阳看到大家对他如此友好，遂端起面前的酒盏，举过头顶，说道：

"在下感谢诸位盛情厚谊，今借诸位的酒，敬大家一盏。"

说完，秦舞阳将酒一饮而尽。

夏扶等人见秦舞阳如此豪爽，遂也举盏一饮而尽。

接着，第三盏、第四盏、第五盏相继下肚。这时，气氛有些变化了。除了谢勇还比较沉着外，其他四位都因酒多而显得兴奋起来，话也多了。

"不瞒诸位说，俺之所以今天不肯告诉诸位姓名，不是不想与诸位结交，而是另有隐情。"

夏扶与宋意一听秦舞阳这话，立即异口同声地追问道：

"兄弟，你有什么隐情？难道就信不过俺哥们？"

秦舞阳看了看夏扶和宋意，又望了望谢勇与甘爽，然后呷了一口酒，这才慢慢说道：

"俺在十二岁时因为打抱不平，一失手杀死了一个恶霸的独生子。为此，不仅恶霸派人到处追杀俺，官府也不断悬赏通缉俺。害得俺多少年来居无定所，三餐不济，到处流浪。"

"哦，原来如此！"宋意恍然大悟道。

"兄弟，你受苦了！从今以后，你不必担心那么多。只要你肯跟我们兄弟一起去见一个高人，不仅从此没人敢追杀你，就是官府也不会再通缉你了。"

谢勇这话一出口，不仅秦舞阳一惊，就是夏扶与宋意也感到吃惊不小。难道谢勇所说的高人是燕国的什么达官贵人，或是更高级别的人？

宋意是个急性子，脱口而出问道：

"谢兄所说的高人到底是什么样的人？"

谢勇自知失言，正在为难之际，甘爽打圆场道：

"我家主人确实是个神通广大的高人，等三位到了燕都蓟城，见了自然就知道了。来来来，喝酒！"

"对对对，喝酒！把酒喝好了，再见我家主人，届时让大家有一个惊喜！"谢勇说道。

宋意等人见谢勇这样说，觉得也有道理，遂不再追问，继续喝起酒来。

喝到最高兴的时候，突然宋意提议道：

"我们五人有缘相聚，何不结为兄弟，从此同生同死，岂不快哉！"

夏扶与秦舞阳立即响应，非常赞同。谢勇与甘爽见此，更觉正中下怀。于是，谢勇立即叫来老板，吩咐道：

"快去弄点牲畜血来。杀马不可能，那就宰只狗，或者鸡也行。"

"那就杀只鸡吧。"老板答应一声，就去了。

不一会儿，鸡血上来。大家序齿之后，依次将鸡血涂在嘴唇之上，一起立誓道：

"我们五人今天义结金兰，不求同年同月同日生，但求同年同月同日死。兄弟同心，其利断金！"

发完誓，五人重新端起酒盏，你一盏我一盏。酬答之间，早已喝得酩酊大醉，不知今夕何夕了。

第三章　荐贤

1. 客栈奇遇

"吁！"

秦王政十六年，燕王喜二十四年（前231）四月初五。日暮时分，随着车夫的一声"吁"，一驾马车戛然停在了一家客栈前。

"哎，怎么不走了？"

"太傅，天快黑了，我们不要再赶了，就在这家客栈住下吧。再说了，现在我们走岔了道，往燕国怎么走都不知道。如果再紧赶慢赶，也许会南辕北辙，要越走越远的。"

鞠武听车夫这样说，觉得有理，遂撩起帘子，从车内探出头来，看了看天色，又看了看周围，点了点头。在赵国到处寻觅田光，大城小镇都到过，已将近三个月了，至今却仍不见田光的踪影。为此，他已感到非常疲惫了，甚至说是有些绝望了。

主仆二人驻马刚进了客栈，就见老板笑吟吟地迎了上来，亲切地问道：

"二位客官，请问要住什么样的客房？"

鞠武不经意地看了看客栈的前堂，不以为然地反问道：

"难道你这里还有什么高档的客房吗？"

老板听出鞠武话中之话，立即回答道：

"当然有。后院就有安静清雅的客房，是专待上客的。"

"是吗？"鞠武仍然不以为然。

"那客官就随我来吧。"老板一边说着，一边就带头向后院走去。

一进后院，鞠武方知老板所言不虚。

放眼望去，只见庭院足有十亩之大。其间，遍植各种花卉与树木。此时已是北国初春时节，庭院中的桃花开得正盛，红的红，白的白，争奇斗艳。而墙根的报春花，则金黄一片，在夕阳余晖的照耀下，犹若黄金铺地。走在庭院的小径上，径旁时有一些树木的枝柯伸展开来，横在小径上，犹如一个个顽皮的孩子伸出的小手，似有阻挡陌生客人深入庭院深处之意。

在老板的引导下，鞠武正一边左顾右盼，观赏庭院的景色，一边向老板问道：

"老板，您何以有如此清雅的庭院？既然有此清雅的庭院，为何不自己享受，而要开这个客栈呢？"

"客官有所不知，这些年赵国与秦国不断争战，家家户户捐钱捐粮，就是再富的家底也有花光的时候啊！"

鞠武听了，不禁感慨万千，情不自禁地点了点头。顿了顿，又问道：

"这个庭院恐怕有非同寻常的历史吧？"

"客官说的是，这是三十年前赵王分封我的祖父时一同赏赐的。"

"那么，令祖父一定是赵国功勋卓著的大臣了。不知他是哪一位？"鞠武兴味盎然地问道。

"这话就不用再提了。就算功劳再大，那也是先人的事，与老朽无关。老朽岂能拿祖先的功德来向世人显摆呢？"

鞠武见老板这样说，也就不好再问了。于是，继续跟在老板身后沿着曲曲弯弯的小径往前走。

走不多远，忽听似有潺潺流水之声。鞠武又问道：

"这是不是水声？"

"正是。"

"那水声从何而来？"

"客官不妨再往前走一段路，就一切都明白了。"老板卖了一个关子。

于是，鞠武又随老板继续前行。在园中小径曲曲弯弯地走了百余步，前面豁然开朗，一座小桥横于眼前。走上小桥一看，小桥下面是约五尺宽的小渠。渠中流水潺潺，不急不慢地奔向远方。

鞠武往前后左右看了看，更加好奇了。于是，又问老板道：

"不知这渠中之水从何而来？"

老板顺手一指，说道：

"就是从那山上流下来的，一年四季从不间断。"

鞠武顺着老板手指的方向一看，果然庭院背后远远有山的影子。看看园中夕阳照耀下的树木花草，听着脚下桥底潺潺流过的小渠水声，鞠武情不自禁地感叹道：

"园中有树有花，还有活水，真是清雅！要是能在此终老，那可真是人间至福啊！"

"客官这话，怎么与我的一位朋友说的一样呢？"

"您的朋友？"鞠武听了，不禁一惊。

"是啊！我的这位朋友是个高人。"老板自豪地说道。

"请问他是哪一位？是否可以说说他的尊姓大名？"

老板见鞠武追问得如此之急，立即愣着不说话了。正在鞠武感到纳闷之时，突然看见空中飘来片片桃花，一片接一片，连绵不断。在夕阳余晖的反照下，这片片飘动的桃花就像从天而降的红雨。鞠武不禁驻步不前，看得发呆。良久，才回过神来，赞道：

"真是美不胜收！世上竟有如此壮观的桃花雨！"

"客官知道这桃花雨从何而来吗？"老板见鞠武神采飞扬，兴奋不已的样子，不禁深受感染，欣然问道。

"是山上风吹来的吧。"鞠武望着老板，试探地说道。

老板摇摇头，说道：

"不是，就是从这园中飘来的。"

"可是，现在园中的风并不大啊！"鞠武奇怪了。

老板看着鞠武不解的样子，神秘地一笑道：

"我刚才所说的那位朋友，看来就在前面了。"

鞠武听了，更加不解了，遂又问道：

"您的这位朋友难道与这桃花雨有什么关系吗？"

"当然有关系。这是他的'五月飞雪'啊！"

"'五月飞雪'，什么意思？"鞠武更糊涂了。

老板见鞠武如堕五里雾中的神情，呵呵一笑道：

"'五月飞雪'是一种武功。"

"老朽虽然不会武功，在江湖中却颇有些侠士朋友，从来没听说过有'五月飞雪'这种武功。"

鞠武话音未落，老板所说的那位朋友已经到了跟前。

"蔺兄这是在跟谁说话呢？"

鞠武正在低头回味"五月飞雪"的景象，猛然听到一个熟悉的声音，不禁吃惊地抬起头来。不看不要紧，一看顿时差点兴奋地昏了过去。真是"踏破铁鞋无觅处，得来全不费功夫"。眼前这人不正是自己三个月来苦苦寻觅的田光田大侠吗？

田光这时也看清了鞠武的面容，吃惊地问道：

"这不是鞠太傅吗？"

"正是在下。田大侠，你怎么会在这个地方呢？"

"那你怎么会找到这种地方呢？"田光也感到吃惊。

"真是一言难尽啊！"

"既然一言难尽，那么，咱们就进屋慢慢说吧。"田光呵呵笑道。

"既然二位认识，那老朽就不奉陪了。二位是二人合住，还是单住，都请自便。"老板说着便要转身离去。

"那蔺兄也请自便吧。"

"蔺兄？"鞠武吃惊地望着田光，半天都合不拢嘴巴。

"太傅怎么啦？"田光看着鞠武目瞪口呆的样子，不解地问道。

"您是说老板姓蔺？"鞠武问道。

田光毫不犹豫地回答道：

"是啊，是姓蔺。怎么了？"

"莫非老板就是赵国贤相蔺相如的后人？"

"太傅是怎么知道的？"这一下，轮到田光吃惊了。

老板见此，连忙打哈哈道：

"不说这个，不说这个，都是哪辈子事了！"

鞠武与田光望着老板，会意地一笑，连声说道：

"好好好，不说这个。"

于是，二人携手走向庭院深处。

进得屋来，席未坐稳，鞠武就开口了：

"大侠，您怎么跑到这个地方来了呢？害得我找你找得好苦啊！"

田光见鞠武一开口便抱怨，遂笑呵呵地说道：

"那太傅说说看，你是怎么找我的，最后又是如何找到这个地方来的？"

鞠武先叹了口气，然后就将自己如何在赵国大城小镇寻找田光踪影的经过，以及后来走岔道的事都一五一十地从头细说了一遍。

听鞠武说完自己的辛苦，田光不但没有慰问之言，反而打趣地问道：

"太傅乃一国储君之师，您不在燕都教导太子，而要如此辛苦地四处寻找田光，究竟为何？莫非太傅厌倦了太子府的山珍海味与荣华富贵，想过田光一样闲云野鹤般的自由生活？如果太傅有心要过这种生活，或是想终老于此，不知太傅带够了金子没有？"

"那大侠您带够了金子没有？"鞠武笑着反问道。

田光哈哈大笑，道：

"田光乃一介游民，何来金子？我之所以隐到此处，一来是要避开世间的纷纷扰扰，二来是因为衣食无着，想投靠蔺兄长而终老于此。"

"大侠到此，好像不是为了隐居吧。据蔺老板说，您正在此练什么'五月飞雪'之功，是吗？"

田光一听，哈哈大笑。笑了好久，才停下来，说道：

"太傅真会说笑，哪有什么'五月飞雪'之功，蔺老板那是随口说说的。"

"不是说笑，刚才我已经看到满天桃花飘飞如雪，难道这不是大侠的'五月飞雪'之功吗？"鞠武认真地说道。

田光呵呵一笑，说道：

"我那是在桃花林中练功，不小心碰到桃花枝干，引得桃花飘落，在风的鼓荡下，桃花花瓣满天飞舞，就像是五月飞雪。有一次，蔺老板偶然看见这情景，问我这是什么功，我随口戏言是'五月飞雪'之功，蔺老板就信以为真了。"

鞠武听了，仍然不信，说道：

"随便碰一碰桃花枝干就能引得满天桃花如雪片一样飞舞，即使不是大侠所使的武功，也不是一般人所能做到的。大侠武功深厚，即便是随便伸伸腿，抬抬胳膊，也是盖世武功。"

"太傅，您别这样说了。否则，愧煞田光了。我哪有那么神！如今已年过半百，哪里还谈得上什么盖世武功呢？"

"大侠不必过谦！"鞠武说道。

"哎，太傅，说正事。您到处找我有什么事吗？"

鞠武听田光这样一问，突然醒悟，见面都说了这么多话了，自己却还没上题说正事。于是，立即正襟危坐，恭敬而严肃地说道：

"大侠，鞠武找您确实是有事，而且是国之大事，不足为外人道也。"

田光见鞠武神情如此严肃，话又说得一本正经，就好奇了。于是，连忙问道：

"太傅，您说，您找我到底有什么大事？田光乃一介草民，焉敢与闻国之大事？"

"不瞒大侠说，鞠武是奉燕太子之命来请您的。"

田光一听，不禁大吃一惊，道：

"燕太子请我？田光何德何能，燕太子为什么要请我？别开玩笑了！"

"大侠，我们之间是什么关系？多少年的老友了，怎么敢跟您开玩笑呢？再说，鞠武为了找您，在赵国苦苦寻觅了三个月，怎么可能跟您开玩笑呢？"

田光见鞠武态度非常严肃，没有说笑的意思，遂也严肃起来，问道：

"太傅，那么燕太子找田光到底是为什么？"

鞠武没有立即回答，而是警觉地四下张望了一会儿。

田光见此，笑言道：

"太傅，您放心，这里说话绝对可以放心，连鸟儿都不会偷听到的。有话您就直说吧。"

见田光这样说，鞠武遂打开了话匣子，将燕太子丹在秦国为人质时所受的欺凌，以及目前秦国宫廷内的诸多事情都向田光详细叙述了一遍，同时也将燕太子丹决心报复秦王的计划和自己的计划都坦诚地说了出来。然后，说道：

"大侠，你我老友，鞠武一向敬佩您智勇双全，虽然太子对鞠武恩宠有加，但是我始终不同意太子以武力行刺的形式报复秦王。我总觉得这样太冒险，不但胜算不大，失败后反而更快地招致灭顶之灾。可是，不论我怎么劝说，太子就是不听，坚决不同意我'合纵'山东六国以对抗强秦的计划，认为这样会旷日持久，很难奏效。鞠武深知太子的个性，他打定的主意任凭谁都难以改变。我知道我说服不了太子，但我只是一个手无缚鸡之力的文士，即使有杀身成仁的报主之心，也无足够的智慧按照他的计划而遂行其愿。所以，我就向太子推荐了大侠。太子早闻大侠之名，仰慕大侠节义，欣然同意。遂发重金，令鞠武日夜兼程，往赵国寻访大侠。今日鞠武历经千辛万苦寻访到了大侠，希望大侠能够跟我一起去见太子。不管大侠认为太子的计划是否可行，都希望大侠能当面与太子交换意见。这样，也算是帮了鞠武，让我完成了太子的嘱托。"

田光听完鞠武的话，半天没有言语，一时陷入了深思。

沉默了约一顿饭的时间，鞠武终于耐不住了，说道：

"大侠，您到底是什么意见？难道帮鞠武一个忙，去见太子一面也不肯吗？"

听鞠武这样说，田光从深思中抬起头来，望了望鞠武，然后从容说道：

"太傅误会了，田光向来为朋友两肋插刀，在所不辞。跟太傅去见太子一面并不难，田光刚才一直在想一个问题，太子的计划也不能说没有实现的可能。"

鞠武一听田光似有赞同太子行刺秦王的计划，不禁大感意外，以田光的智谋，他怎么会认同太子丹的计划呢？于是，立即追问道：

"大侠，您也觉得太子行刺秦王的计划可行吗？"

田光看了看鞠武，不以为然地反问道：

"天下情势已然如此，难道太傅觉得再行苏秦'合纵'之策还有可能吗？秦国吃定山东六国不能同心同德，所以实行'远交近攻'之计，对山东六国各个击破。而今魏国、韩国已经名存实亡，赵国在秦国的不断进攻下，也朝不保夕。如果赵国不能支撑下去，接下来必然就是燕国，然后是齐国与楚国。既然明知'合纵'之策难以遂行，何不冒险赌一把，以暴制暴，也许还有一线希望。如果行刺秦王成功，起码能让秦国政坛混乱一阵子。要是秦国内部因为权力争夺而起内讧，那么山东六国在一定时期内会多了一线生存的希望。"

"如此说来，大侠是认为行刺秦王的计划有成功的把握喽！"鞠武不无失望地问道。

田光听出了鞠武话中的意思，但仍想将话说完，对于挚友，他不想隐瞒自己的看法。于是，望了一眼鞠武，继续说道：

"行刺的计划不能说就一定能成功，但也不能否认有成功的可能。昔日齐桓公为天下之霸，侵凌鲁国，吞并其土地。鲁庄公任勇士曹沫为将，与齐战，三战三北。鲁庄公惧，乃献遂邑之地以求和。齐桓公得鲁地，遂允鲁庄公与之会盟于柯。当齐桓公与鲁庄公盟于坛上时，曹沫执匕首以劫桓公，桓公左右知鲁沫勇力过人，无人敢轻举妄动。最终，齐桓公不是答应了曹沫的要求，让齐国归还了侵夺的鲁国之地了吗？"

鞠武知道这个历史事件，但是听了田光的叙述，没有说话。田光知道鞠武内心的想法，遂又接着说道：

"曹沫之后一百六十七年，伍子胥奔吴，欲借吴国之力消灭楚国，而报父兄之仇。可是，公子光识破其计，乃向吴王进言，谏止了吴王出兵伐楚的计划。虽然如此，但伍子胥并不以公子光为敌，反而接近他、帮助他。他知道公子光有异志，遂进刺客专诸于公子光。后来，公子光得专诸之助刺杀吴王僚成功，遂自立为王，是为阖闾。阖闾执政后，伍子胥成为吴王阖闾的重臣。后吴国伐楚，伍子胥带兵攻入楚都，掘楚平王墓，鞭尸三百，报了父兄之仇。事实上，伍子胥利用刺客不仅为自己实现了报仇雪恨的人生目标，也为吴国的强大，成为诸侯一霸，立下了不可磨灭的功勋。如果没有伍子胥用刺客专诸之计，何能报得父兄血海深仇；没有伍子胥用刺客专诸之计，何来吴国的强大与吴王阖闾称霸天下的局面？"

鞠武见田光举伍子胥用刺客专诸之事来论证行刺秦王的可能性，知道已无力反驳他了，只得顺坡下驴说道：

"既然大侠认同太子的计划，而且正如大侠所举的史实一样，以暴制暴确实也是一种成大事的途径，那么大侠就跟鞠武一起去见太子吧。"

田光一听鞠武这样说，这才意识到，刚才那番引史为证的话，反而成了套牢自己的绳索。如果现在推托不去，连推托之词都找不到。没有转圜的余地，田光只得横下一条心，在略一犹豫后，还是爽快地说道：

"好！田光愿随太傅去见太子。"

于是，二人立即起身，往燕都蓟去见燕太子丹。

2. 太子待客

秦王政十六年，燕王喜二十四年（前231）五月十三，经过一个多月的日夜兼程，太傅鞠武终于陪着田光回到了燕国之都蓟。进入蓟城时，已是薄暮时分。

"大侠，要不要直接到太子府见太子？"刚进城门，鞠武就问田光道。

田光毫不犹豫地回答道：

"今天已经很晚了，不合适。再说，与太子见面也不急在一天两天，我看还是过两天吧。"

鞠武一听，便明白田光的意思，这样见面不够郑重，也看不出太子丹的诚意。必须自己先与太子丹约个时间，然后再让二人见面，那样方显宾主彼此的诚意。想到此，鞠武连忙问田光道：

"大侠，您看这样好吧，今天就暂时委屈您在寒舍将就一夜。明天我去太子府与太子约定时间，您看哪天合适？"

"如此最好。至于见面时间，今天是十三，就约后天正午。"

"好，就约定十五日正午。"

跟田光一切说妥，鞠武便从马车里探出头来，吩咐车夫道：

"径回太傅府。"

一夜无话。第二天，一大早，鞠武就前往太子府。

"太傅，您这么早就来啦！"鞠武一到太子府前，就有一个府中的仆从迎上前来问候。

"太子殿下在府中吗？"

"在在在，正在后花园看三位大侠比武练功呢！"仆从殷勤地报告道。

鞠武一听，不禁心中一惊，怎么太子让他去请田光，自己又另请了三位大侠，这是什么意思？他怎么向朋友田光交代？这样一想，鞠武不禁一时愣住了。

"太傅，要不要请太子殿下出来与您见面？"仆从见鞠武愣在那里不言不动，遂提醒似地说道。

听仆从问话，鞠武这才醒过神来，连连摇手道：

"不要不要，还是领我到后花园去见太子殿下吧。"

太子府很大，后花园更大。所以，往后花园的路要走相当长的一段时间。于是，鞠武就一路走一路问仆从关于太子请来的三位所谓大侠的情况。仆从根据听来的消息，一五一十地全告诉了鞠武。末了，仆从又主动告诉鞠武道：

"太傅，待会儿您见了那三位大侠，您要记住了，胖的叫夏扶，瘦的叫宋意，不胖不瘦，特别高大的，就是秦舞阳了。"

"那太子殿下对这三位大侠满意吗？"鞠武问道。

"太傅，太子殿下满意不满意，小的不敢讲。但是，三位大侠的日常起居，太子殿下都不让小的们侍奉，而是亲自来，包括斟酒倒水之类。至于那恭谨的态度，犹如侍候燕王与王后似的。"

鞠武听了，没有言语。沉默了一会儿，又问道：

"他们三位比武，你们见过吗？"

"小的们不敢光明正大地去观看，但都偷偷躲在一旁见识过。"仆从不无得意地说。

"那你们觉得三位大侠的武功如何呢？"

仆从一听鞠武要他评论太子请来的大侠的武功，先前的兴奋劲儿一下子没了，立即噤声不说了。

"太子殿下又不在面前，你尽管说，我不会跟太子殿下说这些的，放心！"

仆从望了望鞠武，见其态度颇是真诚，再说平时他的为人就很温和，于是就大起胆子说道：

"太傅不要见笑，小的不懂武功，只会看看热闹。小的偷看了几次，那个瘦个子的宋意好像轻功非常了不得，他能手不着树，双脚脚尖点树便能直直地上树；那个胖汉夏扶，力气很大，能够一剑挥断一棵不大不小的树。"

"那秦舞阳呢？"鞠武不等仆从说完，便急切地问道。

"秦舞阳就更神了。"

"怎么神？"

"他能一人对付夏扶、宋意二人。他比武时喜欢散开头发，长发飘飘，长剑与长发一起上下翻飞，让人看得眼花缭乱，应接不暇。还有更绝的，打到高潮处，他大喝一声，头发根根竖起。"仆从说着说着，又眉飞色舞起来。

"如此说来，老夫倒要见识见识。"仆从话音刚落，鞠武情不自禁地脱口而出道。

"太傅，马上就到了，您马上就可以见识到这三位大侠的本事了。"

可是，当鞠武刚刚赶到现场时，只看到了三位大侠比武收势的最后一个动作。接着看到的便是太子丹恭谨地迎了上去，又是替三人扫席，又是为三人奉酒递水的一幕。

鞠武见此，心里说不出是什么滋味。所以，在离太子丹还有十数步之距时便立住了，躲在一棵树后，静静地观察太子丹与三位武士如何递杯接盏。

等了约半个时辰，看见太子丹从坐席上起来，鞠武这才从树后转出来，小步快趋迎了上去。

太子丹一见鞠武，立即面露欣喜的神色。鞠武走近太子丹，轻声地说道：

"殿下，田光召到。"

"在哪里？"太子丹急切地问道。

"田大侠让我来跟殿下传话，约定后天正午准时到达太子府前。其他就什么也没说了。"

"太傅，您这次怎么去了这么长时间？"

"殿下，一言难尽。今天就不向殿下细述了，我还要在正午前给田大侠回话，就先告辞了。"

太子丹点点头，鞠武便转身想离开。就在这时，太子丹突然叫住了鞠武，道：

"太傅，给您介绍一下三位大侠。"说着，太子丹便招手示意夏扶、宋意和秦舞阳三人过来了。

"给三位大侠介绍一下，这是太傅鞠武先生，教导我十一年有余。"说完，太子丹又指着夏扶等三人一一介绍道：

"这是夏扶夏大侠，这是宋意宋大侠，这位则是秦舞阳秦大侠。"

鞠武与三位都一一见礼。礼毕，向太子丹告辞，回去给田光回话了。

五月十五日，一大早，太子丹就起来沐浴更衣，又令人将太子府里里外外打扫得干干净净。已时刚到，就弹冠洁身而亲至府前，站在府前最高一级台阶上，手搭凉棚，不时远眺前方。

等了足足一个时辰，眼看太阳快到头顶了，太子丹还是望眼欲穿，不见田光的影子。这时，他心里开始打鼓，这田光是否徒有其名，真的要礼聘他，派他大用时，他胆怯了，畏缩了？

正当太子丹这样想时，突然一驾马车风驰电掣而来，就像迎面刮起了一阵旋风。

"吁!"

随着一声"吁"声,马车戛然停下。几乎是在马车停下的同时,从马车上跳下一位英武的壮士。

太子丹一看,知道这大概就是田光了。无意间一瞥,发现门前日晷的阴影全然消失,时间正好是正午。太子丹心里一激灵,顿时明白壮士一诺千金,连约好的时间也分毫不差。于是,一种崇敬之意油然而生。

就在太子丹一愣神的时候,田光已经迎面走过来了。太子丹一见,连忙小步快趋,迎向田光,在太子府前最低一级台阶的右侧毕恭毕敬地跪着迎接田光。

田光一见,立即快步趋前,扶起太子丹,然后还礼如仪。而太子丹起身后,又再次向田光长揖再拜。

田光无奈,只得再次答礼。相互揖让客套了好一阵,太子丹这才倒退着边走边给田光引路,一同进府登堂。

到了堂上,太子丹又跪下来给田光拂拭坐席。等到田光坐定,左右退下之后,太子又起身绕席,跪于田光面前,说道:

"太傅不以丹天性愚鲁,又生于蛮夷之域而贱之,十余年来耳提面命,谆谆教诲,不离不弃。今太傅又使先生屈尊降临敝邑,丹何幸之甚哉!燕乃僻处北陲之小邑,毗邻蛮域,而先生不以千里为远,不以燕小丹愚为意,纡贵驾临,使丹得以睹尊颜、侍左右,此乃上世神灵庇护弱燕,福佑万民也。"

田光一见,连忙起身,长跽而拜说:

"太子殿下言重了!太子何人也,田光何人也?田光不过一介游民,今幸得太傅眷顾,而有幸一睹殿下天颜。田光结发立世,至于今日,虽久闻殿下之令名,久慕殿下之高行,然不得见之。今亲炙殿下之仁义,田光何其幸哉!不知殿下将何以教田光?"

太子丹听田光如此说,立即膝行而至田光面前,涕泪横流。饮泣良久,才拭干泪水,将自己在秦国为人质时所受的屈辱,以及冒死逃出函谷关的经过，从头到尾述说了一遍。说到伤心处，不禁痛哭失声。

田光听了，也非常感伤，但是一时却找不出安慰的话。于是，愣在了那里。

过了好一会儿，太子丹突然觉得有些失态，遂连忙向田光长揖再拜道：

"秦王无礼，非但丹之辱也，亦燕国之辱也。故自秦而归，丹日夜焦心，思欲报之。然论兵之多寡，则秦多燕寡；论国之强弱，则秦强而燕弱。太傅谋国日深，曾献'合纵'之计。然顾念昔日苏秦之事，心彷徨而不能决。为此，丹常食不甘味，寝不安席。若谋得一策，纵使秦燕同日而亡，于燕亦为死灰复燃、白骨再生之妙计。望先生思之图之！"

田光听到此，知道太子丹的心意，沉吟片刻，回答道：

"此乃国之大事，请让田光三思！"

"善哉！"

于是，太子丹待田光为上宾。不仅将太子府中最好的房子让给田光起居，每日山珍海味招待，而且还像侍奉父母一样，每日存问不绝。

可是，这样招待了三个月，田光不仅没为太子丹筹一计半策，反而引起了夏扶、宋意与秦舞阳等人对太子丹的不满。

燕王喜二十四年（前231）八月十九，一大早，太子丹就照例前往田光的住所侍奉其起居饮食。可是，刚与田光坐到食案前，还未及正式吃早餐，就见太子府中一个仆从急急慌慌地狂奔而来，人还没进门，就大叫道：

"太子殿下，不好了！"

太子丹一听，连忙问道：

"何事惊慌？什么不好了？"

"快去看啊，打起来了！"

"谁打起来了?"太子丹一边这样问,一边情不自禁地站起来,跟着那仆从出了门。

田光见此,也在好奇心的驱使下立即跟了出去,三步两步就赶上了太子丹。就在离太子丹大约有五步远的时候,忽然听到太子丹问道:

"你是说夏扶、宋意和秦舞阳他们打起来了,是吧?"

"太子殿下,不是他们三人,这太子府中还有谁敢打架?"

"那么,今天究竟是因为什么事而打起来的呢?"

田光听太子丹这句话,好像他们三人打架已经不是第一次了。那么,他们究竟又是为什么呢?心里这样嘀咕着,田光便情不自禁地放慢了脚步,他想跟在后面仔细听听,夏扶他们三人究竟为什么打起来。

这时,就听那仆从回答道:

"还不是因为太子殿下给他们的食用少了,他们觉得不够。"

"就为这事?"太子丹不解地问道。

"是,今天就是因为最后一盏酒归谁的问题而动起手来的。"

太子丹一听这话,没有说话,只是加快了脚步。而田光听到这话后,反而慢下了脚步。他已然意识到了,自己与夏扶等三位宾客之间已经出现了矛盾。于是,内心也开始矛盾起来。从刚才仆从与太子的对话中,他已隐约知道,夏扶等人闹事,起因不为别的,可能是因为太子对自己太过恭谨了,让他们对比之下心理失衡,觉得受了委屈,所以才借故闹事,以引起太子重视他们。

想到此,田光原本慢下来的脚步又不自觉地快了起来,很快就跟上了太子丹,但距离保持在十步左右。

走了大约有烙五张大饼的工夫,就到了夏扶等三人居住的地方。其实,这个住所也是太子府中比较好的房子,周围的环境也好,前后都各带一个独立的小花园,在太子府中属于那种园中有园的幽雅之所。

还未到那房子跟前，就已经听到剑剑相叩的声音。田光于是慢下了脚步，躲到树后，慢慢地前移，看着太子丹一步步地走近那房子。

不一会儿，田光就看到了屋外的空地上有两个人在互相格斗，剑来剑往，在朝日的映照下，一道道寒光闪得人连眼睛都快睁不开了。这时，太子丹已经走到了那两个格斗的人跟前，似乎是定了定神，然后才高声说道：

"二位大侠，这么早就比武练功啦！武功一定又大有精进了吧。"

太子丹话音未落，"当啷"一声，两剑撞击了一下后，戛然而止，格斗的二人也各自向后跳开了一步，几乎是同时转头向太子丹看过来。这时，太子丹和躲在树后的田光终于看清了刚才格斗的两个人是秦舞阳与宋意。

太子丹抬手躬身对二人作了一个揖后，转过身来，对围在一旁看热闹的两个仆从说道：

"壮士比武，岂能无酒？快去将我书房柜中最后一坛好酒拿来，让二位壮士先尽了兴，然后再比武，相信更有精彩的表现。"

田光躲在树后，一听太子丹这话，知道他的用意，他这是有意装糊涂，和稀泥，以柔克刚，化解矛盾。于是，内心不禁一阵热流上涌，觉得他还真有待客的诚意与雅量。

正当田光这样想着的时候，只听宋意高声说道：

"太子殿下的好意我们心领了，好酒还是留着给田先生喝吧。"

田光一听，心里更是如明镜一般了。他认为宋意太过分了，担心太子受不了，会勃然大怒。可是，出乎田光意料的是，太子丹竟然呵呵一笑道：

"不妨将田光先生请来，大家一起喝。"

田光一听，连忙从树后转出来，高声说道：

"太子殿子，不用请，田光已经在此。"

太子丹见田光突然出现，并没有惊讶之色，因为他猜到田光会跟来的。这时，感到惊讶的倒是宋意等三人。

见田光出现了，夏扶也从树后转出来，并且情不自禁地与宋意、秦舞阳二人站成了一排，俨然成了统一战线。秦舞阳见此，会意地点点头，然后对太子丹说道：

"太子殿下，您的好酒我们是一定要喝的。不过，不是大家分着喝，而是比剑后谁胜了谁喝。您看，如何？"

太子丹听出了秦舞阳的弦外之音，觉得为难。于是，就没有立即接话。

田光也听出了秦舞阳的言外之意，又见他们三人现在站成一排，明显有向自己挑战的意思。再看太子丹，听了秦舞阳挑衅的话后，却沉默不语。他终于明白，这是秦舞阳等人对自己不服，太子丹对自己的本事没信心。于是，略一沉吟，便高声说道：

"殿下，秦大侠的主意不错。今天我们不妨在殿下面前献献丑，让殿下乐一乐，也是好的。"

太子丹一听田光这样说，觉得他还真是会说话，绵里藏针。既然他愿意接受挑战，让他露露本事也好。因为直到现在，田光到底有多大能耐谁也不知道，只听鞠武一人吹得很神。如果他真的有本事，就算得罪秦舞阳等三人，也是在所不惜的。想到此，太子丹看了看大家，然后装着若无其事的样子，说道：

"既然田先生也有雅兴，那大家就不妨露一手，让我开开眼。只是大家不要认真，点到为止就好。"

太子丹话音未落，夏扶就跳将出来，霍地一下抽出腰间的长剑就上了场。

田光看了夏扶一眼，就不紧不慢地迎着他走了过去。

"田先生，您没带剑。让人回去把您的剑取来吧。"太子丹焦急地说道。

田光摇了摇手，继续往前走。

"要不，请秦大侠把剑先借田先生一用。"太子丹又说道。

田光又摇了摇手。

夏扶见此，顿时勃然大怒，血涌上头，面色血红，他觉得田光这是小觑自己。于是，没等大家反应过来，举剑上前，就向田光的喉咙直刺过去。

可是，田光只轻轻地一侧身，就让夏扶的剑刺了个空。太子丹一见，不禁暗暗点了点头。

夏扶见第一剑就没刺着赤手空拳的田光，觉得颜面尽失，更加愤怒了。于是，又举剑向田光一连刺了三剑，但每次都是在只差一寸的距离时而被田光轻巧地让过。这时，夏扶更加气急败坏了。于是改变方式，剑锋直指田光的左胸。但是，田光却并不慌张。夏扶刺一剑，他就退一步；刺两剑，他就退两步。如果进剑的速度加快，他退步的速度也加快。

夏扶一连刺了十二剑后，田光已经退到了一棵大树前。夏扶见此，终于脸上露出了诡异的笑容。太子丹一见，不免心中紧张起来，田光已经没有退路，再走一步就被大树堵住了后路。如果夏扶再进一剑，那田光就会被夏扶一剑穿透到树干上。

正当太子丹感到紧张之时，猛听得夏扶大吼一声，以迅雷不及掩耳之势向田光连刺了两剑。包括太子丹在内的所有人，这时都情不自禁地闭上了眼睛。可是，当大家睁开眼睛时，却发现田光并没有被夏扶用剑钉在树干上，而是夏扶的剑插入树干拔不出来了。就在大家都不知田光踪影而发愣的瞬间，只见一个身影就像树叶一样飘落下来。还没等大家看清楚，那片树叶已经幻化为田光，站到了夏扶的身后，在夏扶右肩上轻拍了一下，就听夏扶"啊哟"一声，左手捂着右肩大叫。然而，叫声未落，就见田光已经伸手从树干上拔出了夏扶穿透于树干上的剑，转身顺手在夏扶的右肩上又拍了一掌，接着双手捧剑，恭恭敬敬地将剑递给了夏扶。夏扶没有接剑，而是羞愧地低下了头。

就在此时，宋意大吼了一声，持剑跳向前去。太子丹一见，不禁大吃一惊，失声叫道：

"田先生当心！"

因为此时田光正捧着剑，面向夏扶，根本看不到从背后突然上来的宋意。然而，出人意料的是，田光好像是背后长了眼睛似的，在宋意的剑快要从背后刺过来的时候，他瞬间倒转了手中的剑，回身迎向宋意刺过来的剑，只轻轻一拨，就挡开了。

宋意见自己第一剑就被田光挡掉，顿时血涌上头，面色铁青。于是，怒从心中起，恶从胆边生，举起长剑不间歇地向田光一连刺了十剑。可是，田光每次都并不用力，只在他的剑刺到面前时，用剑背轻轻一拨，就躲开了。

见每次都刺不中田光，宋意就急了。于是，开始施展自己的轻功，围着田光前后左右乱窜，意图扰乱田光的心绪，然后伺机进剑。可是，前后左右周旋了半天，也丝毫没见田光有一丝半毫的慌乱。这一下，宋意更急了。于是，情急之下，施展轻功，"噌"、"噌"、"噌"地上了一棵大树，在田光没有反应过来的瞬间，突然从空跃下，给了田光一个凌空直劈。可是，在剑离田光头顶还不到一寸的时候又被田光让过了。

"宋兄弟，让我来！"

秦舞阳早就看不过去了，觉得宋意与田光二人在树间树上跳跃腾挪，不是什么真功夫。于是，就在宋意觉得气馁的时候，持双剑飞奔上去。

田光见秦舞阳披头散发，手舞双剑，气势汹汹地奔来，并不慌张。他一眼瞄了一下秦舞阳，一眼余光扫了一下宋意，见他正愣着看秦舞阳飞奔而来，遂将手中的剑轻轻一扔，正好将宋意手中的剑击落。

秦舞阳见田光此时手中已经无剑，遂双剑抡圆了劈将过来。可是，手中无剑的田光，只用进退腾挪之功，很快就将蛮力过人的秦舞阳的气力消耗得差不多了。又打了约烙十张大饼的工夫，秦舞阳突然跳到一旁，高声叫道：

"夏兄弟，宋兄弟，一起上！"

此时正站在旁边发愣的夏扶与宋意，这才从全神贯注地观战角色中清醒过来，立即捡起地上的剑，从不同方向挥舞着杀了过来。不一会儿，三人合围，三人四剑，将赤手空拳的田光围在了垓心。

太子丹没想到，秦舞阳他们竟然不顾江湖道义，不守刚才约定的规则，以众欺寡。他怕田光寡不敌众，最后被他们三人所伤害。如果那样，就再也找不到田光这样武功高强的人了。而没有像田光这样武功盖世的高手，那又如何能执行自己刺秦王的计划？想到此，太子丹就想喊停四人的格斗。可是，还没等他张嘴喊时，就见田光在四剑盖顶的一瞬间，突然身子一缩，就地一滚，一个扫堂腿，将三人悉数扫倒在地，四把剑飞得老远。

太子丹一看，情不自禁地连声喝彩道：

"田先生真是好身手，天下无双！"

再看从地上爬起来的夏扶、宋意与秦舞阳，这时都羞愧地齐齐低头垂手而立，异口同声地向田光说道：

"先生武功，在下望尘莫及！俺们服先生！"

太子丹见此，哈哈大笑，走上前去，拉住四人的手，握到了一起。然后，高声对早就搬来好酒而立在一旁看热闹的仆从道：

"拿酒来！"

于是，五人就站在屋前园中，抱着酒坛，依次轮流仰脖。不一会儿，就将一坛上好的烧酒喝得底朝天。然后，大笑一声，一齐躺倒在地上。

3. 田光荐贤

比武饮酒之后，在太子丹看来，田光与夏扶、宋意、秦舞阳三人之间的矛盾已经消除，所以，他觉得现在跟田光提执行刺秦计划的时机已经成熟了。

燕王喜二十四年（前231）八月二十一，也就是田光与夏扶等三人比武后的第三天，中午太子丹跟往常一样侍奉田光进餐。饮酒过半时，太子丹突然显得诚惶诚恐，嗫嚅了半天，想说什么，却始终没说出口。

田光一见，心知其意，乃起身绕席，谦恭有礼地说道：

"太子殿下，您是否有什么指教？请直言，只要田光能做到，一定粉身碎骨，在所不辞！"

太子丹等了三个多月，要的就是这句话。于是，立即接口道：

"三个月前，先生曾答应替丹筹一高策，不知先生现在是否已有妙计在胸？"

田光几乎没有犹豫，立即接口道：

"即使太子殿下不问，田光也想跟殿下汇报了。"

太子丹以为田光有了妙计，顿时欣喜得眉飞色舞，连忙催促道：

"先生快请讲，丹洗耳欲听久矣！"

"殿下待田光，恩宠无以复加。田光日夜思以报之。然静夜思之，太子所托乃国之大事，非儿戏也。只能成功，决不能失败，哪怕是万分之一的差错。"

"先生思虑极深！"太子丹脱口而出道。

"正因为如此，田光就越来越没有自信。"

"为什么？先生的武功，丹已经亲眼目睹，难道这世上还有比先生武功更高的吗？"太子丹不解地问道。

田光苦笑了一下，说道：

"太子殿下太高看田光了。其实，山外有山，人外有人，在这个世上很难说谁就是天下第一。殿下听鞠太傅所说的田光，那都是以前的事了。现在的田光已经老矣，精力、武功以及反应能力，都大不如从前。所以，田光这些天越想越没有自信了。"

"先生何必这样悲观？即使您真的不如从前那样神勇了，但还有夏扶、宋意和秦舞阳三个帮手，关键时刻还是能够发挥些作用的，取秦王，成大事，当不成问题。"太子丹带有劝慰意味地说道。

田光听了太子丹这话，不禁摇了摇头，苦笑了一下。

"先生为什么笑？"太子丹感到不解。

"这些人有用吗？"田光不以为然地说。

"先生认为他们的武功不够高，不堪重用吗？"

"殿下，您要做的事，非同一般。如果是冲锋陷阵，或是看家护院，夏扶、宋意和秦舞阳，一定是合适的，也是能胜任的。可是，让他们协同完成刺秦王的大任，则肯定不合适。不仅不合适，恐怕还要坏了大事。"

"先生为什么这样讲？"太子丹以为田光还记恨前几天夏扶等人对他的态度。

田光看了看太子丹不解的眼神，从容说道：

"夏扶，乃血勇之人，怒而面赤。"

"先生察人果然仔细。那宋意、秦舞阳呢？"太子丹又问道。

"宋意，乃脉勇之人，怒而面青。至于秦舞阳，则为骨勇之人，怒而面白。"

田光刚说到此，太子丹就急切地问道。

"先生是说，他们都易于激动，情绪都表现在脸上，会暴露内心的秘密，是吧？"

田光点点头，说道：

"殿下说的是！做大事的人，要沉稳冷静。容易激动，喜怒哀乐都写在脸上，对方把你内心的秘密都窥破了，还能做成大事吗？"

太子丹听了，连连点头。

"行刺秦王，乃天下第一号的大事，既要有过人的胆量，更要有山崩于前而面不改色的心理素质。否则，秦王尚未见到，内心的秘密就已暴露，那是什么结果？况且要见秦王，也不是那么容易的事吧。在这个过程中，既需要耐性，更需要冷静，绝对不能有急躁情绪。"

太子丹又点了点头，认为田光考虑得极其周致。

"见秦王是一回事，接近秦王又是另一回事。田光没有见过秦王，但是可以想象得到，以秦国雄霸天下的实力，秦王的安全保卫工作肯定也是极其森严的。为了突显秦国的实力，秦王召见外国使节，恐怕也是仪仗鲜明，威武无比的，绝非一般小国之君的排场可比。夏扶、宋意和秦舞阳虽有血勇、脉勇或骨勇，但都是匹夫之勇。他们原本就是游民，没有见过大世面，更未见过宫中森严的武备阵容。面对这种场面，他们是否还能保持冷静，勇气会不会大打折扣，都非常难说。"

太子丹听了，觉得田光的分析有理，遂又点了点头。

"即使他们的勇气不打折扣，但是在接近秦王的过程中，是否能很好地控制住自己的情绪，冷静而无破绽地完成一系列外交礼仪，然后再伺机行动，一举成事，绝不失手呢？"

"先生言之有理，分析得极其精辟周到。不过，按照先生的说法，夏扶、宋意和秦舞阳大概都算不得合适的人选了。"

田光不置可否。

太子丹见此，遂又追问道：

"如果说夏扶、宋意或秦舞阳都不是合适的人选的话，您刚才所说的那种山崩于前而色不改的人，我们现在到哪里去找呢？"

看着太子丹愁容满面的样子，田光微微笑了笑，说道：

"太子殿下，您不必忧愁，这样的人还是能找到的。"

"在哪里？"太子丹急切地追问道。

"在哪里，田光一时也说不上，但这个人还在人世，而且还是田光的朋友。"

"既然是先生的朋友，先生怎么说不知道他在哪里呢？"太子丹疑惑不解地问道。

"他也跟田光一样，是云游天下的游侠。"

"那他叫什么？"太子丹又急切地问道。

"他叫荆轲。"

"荆轲？没听说过。"

"殿下当然没有听说过。殿下乃燕国贵胄，荆轲只是行走于江湖的一个下层游民。即使他再神武，殿下亦不得听闻。"

"既然他是先生的朋友，丹相信定非等闲之辈。那就请先生说说这位朋友，如何？"

"此人博闻强记，体烈骨壮。不仅勇力过人，而且智慧过人。更难能可贵的是，此人喜怒不形于色，正是殿下所需要的人，足以完成殿下所要托付的大事。"

"既然先生这样说，丹自然是确信无疑的。只是有一点，丹还是蛮担心，荆轲合适是合适，但是否愿意受丹之托付呢？"太子丹有些担心地问道。

"荆轲为人，倜傥豪放，不拘小节，但志存高远，欲立大功。殿下托付之事，乃军国之大事。若能成功，足以彪炳千古，荆轲岂有不允之理？"

太子见田光这样一说，原来深锁的眉头开始舒展开来。但是，沉吟了片刻，他又担心地问道：

"荆轲虽有立功之志，但不知武功如何？恐怕不及先生吧。"

田光听了，哈哈一笑道：

"殿下，这您就放心吧！荆轲的武功远在田光之上，况且他又年轻气盛，正是气势如虹的时候。"

虽然田光如此推崇荆轲，但太子丹似乎还不放心，毕竟他没亲眼见到荆轲的武功展示，田光的武功已经见识到了，所以他现在对田光的能力反而比以往更加信赖了。于是，太子丹又试探地问道：

"先生有没有跟荆轲交过手？"

田光一听，觉得太子丹对荆轲似乎不太信任，于是略一沉吟，便又说道：

"殿下，那田光给您略略介绍一下荆轲其人吧。"

"那太好了！"太子丹明显兴奋起来。

田光看了看太子丹，正襟坐直身子，从容说道：

"荆轲，是卫国人。其先祖乃齐国大夫庆封，后迁徙于卫。"

"哦，原来荆轲还是齐国大夫庆封的后裔！"太子丹一听立即惊讶地睁大了眼睛。

"殿下知道庆封吗？"

"只听说过他的名字，知道他曾是齐国政坛上叱咤风云的人物。具体情况不太清楚，先生是否很了解？"

田光点点头，说道：

"曾听荆轲酒后说过家史。"

太子丹一听，顿时来了兴趣，立即催促道：

"那先生就先讲讲他的家史吧。"

田光见太子丹期待地伸长了脖子，沉吟了片刻，便不紧不慢地说道：

"庆封是三百多年前齐庄公的大臣，后与权臣崔杼联合，弑齐庄公，共立庄公之幼子杵臼为齐君，是为齐景公。景公立，崔杼自任右相，庆封则为左相。崔杼自以为拥立有功，又欺景公年幼，遂独揽朝政，权倾朝野。结果，就引起左相庆封的不满，遂有杀崔而代之的念头。"

"结果怎么样？"太子丹急切地问道。

"也是事有凑巧，正当庆封有此念头时，崔杼家庭内部闹起了矛盾。崔杼喜欢小儿子，欲废长立幼。庆封了解内情后，遂乘机引诱崔杼的嫡长子崔成与另一个儿子崔疆起来反抗，并以精甲兵器资助二人刺杀了主谋废长立幼的崔氏家臣东郭偃与棠无咎。崔杼大怒，乃急往庆封府中哭诉。庆封假装非常吃惊，并不失时机地说道：'这两个孩子真是不懂事！怎么这样目无尊长，大逆不道呢？

崔相若是想教训这两个逆子，庆封一定效力。'崔杼不知是计，高兴地说道：'如此最好！若能替杼除掉这两个逆子，以安崔氏，杼命宗子崔明认您为父。'"

"那结果如何？"太子丹又急切地问道。

"庆封有了崔杼这句话，立即集结府中精兵甲士，令家臣卢蒲嫳率领，不分青红皂白，将崔杼妻妾儿女悉数诛杀殆尽。然后割下崔成与崔疆首级，掠取崔府所有车马服器扬长而去，临走时还放了一把火，将崔府化为灰烬。当崔杼看到两个儿子的首级时，不禁又悲又恨。向庆封致谢后，崔杼驱车回府，看见一片焦土，这才知道中了庆封的奸计。悲愤至极，乃自缢身亡。"

"这庆封也真够狠的。"太子丹情不自禁地感叹道。

田光顿了顿，继续说道：

"崔杼死后，庆封独揽大权，专擅朝政，荒淫骄纵，无恶不作。一次，他到家臣卢蒲嫳家中，见其妻貌美，便与之私通。"

"怎么会这样呢？"太子丹觉得不可思议。

"这还不算什么，还有更过分的事。自从恋上卢蒲嫳之妻后，庆封不仅不问政事，朝政一委于其子庆舍，而且还带着妻妾财货搬到了卢蒲嫳家。从此主仆两家妻妾彼此相通，丑声四闻。"

太子丹听到此，不住地摇头。

"卢蒲嫳见庆封与自己交情如此，遂向庆封请求，让他逃亡于鲁国的兄长卢蒲癸回到齐国。卢蒲癸是齐庄公的侍臣，崔杼与庆封弑庄公后，逃亡于鲁。庆封为了女人昏了头，竟然忘了这一层，答应了卢蒲嫳的请求，让卢蒲癸回到了齐国，并让他做了自己儿子庆舍的家臣，宠信有加。卢蒲癸善逢迎，且体力过人，庆舍乃将女儿嫁之，从此翁婿相称。"

太子丹听到此，不解地问道：

"卢蒲嫳是庆封的家臣，应该属于同宗。其兄卢蒲癸娶庆舍之女，犯了同宗不婚的禁忌，怎么可以呢？"

"虽然当时也有人这样提醒，但是卢蒲癸却对人说：'同宗既不避我，我何必而避同宗？只要能遂我愿，何必顾忌那么多。'"

"遂他何愿？"太子丹问道。

"就是替他以前的主子齐庄公复仇。"

"哦，还算是有情义的臣仆！"太子丹赞道。

"虽得庆舍信用，但卢蒲癸觉得自己势单力薄，要想成大事尚难。于是，又利用庆舍对自己的信用，为昔日同侍庄公的王何游说。结果，庆舍同意王何归齐。王何乃勇猛之将，归齐后，同样得到了庆舍的重用。庆舍每当出入或就寝，都会让卢蒲癸与王何执戈守护。最后，卢蒲癸与王何利用了庆舍对自己的信用而发动叛变，诛杀了庆舍及其同党。庆封获悉儿子被杀后，立即起兵欲斩卢蒲癸与王何。可是，攻城久而不克，士卒溃散。齐景公三年，庆封兵败奔吴。吴王眛夷封朱方为其食邑，并予厚禄，让他如在齐国一样富有。鲁大夫子服惠伯闻之，对叔孙豹说：'庆封在吴又富厚矣！如此荒淫之人，上天怎么降福于他？'叔孙豹说：'积善之家富厚，乃为赏赐；荒淫之人富厚，乃是天降灾殃。庆氏灭顶之灾不远矣！'果然，七年后，楚率诸侯伐吴，楚将屈申围朱方，庆氏全族尽为楚人所诛。只有个别庆氏子孙做了漏网之鱼。"

"如此说来，荆轲便是这漏网之鱼的庆氏子孙喽！"太子丹问道。

"正是。荆轲在卫国之所以被人称为庆卿，就是这个原因。但是，到了燕国，则被人称为荆卿，乃语音之变也。"

太子一听荆轲到了燕国，立即追问道：

"荆轲现在燕国吗？"

"前些年，他游说卫元君，不为所用，于是就周游列国，最后到了燕国。"

"先生在燕国与他见过面吗？"太子丹急切地问道。

"大约一年前在燕都酒肆见过。"

"先生是说，荆轲好喝酒，是吗？"

"荆轲嗜酒如命，至燕，与狗屠、高渐离等人结交，情同兄弟。"

"狗屠？狗屠是何人？"太子丹不禁好奇地追问道。

"狗屠的具体名字谁也说不清，他自己也不肯与人说明，只知道是一个杀狗的人，气力过人，为人豪放，能饮酒。"

"那高渐离又是何人？"

田光见太子丹连高渐离也不知道，遂莞尔一笑，道：

"高渐离可是一个江湖上闻名的人啊！他是善于击筑的音乐高手，但也是酒中仙人。"

"哦？还有这样的异人！"太子丹不禁感叹道。

"荆轲每日与狗屠、高渐离等人饮于燕市，酒酣而去。临去时，高渐离击筑，荆轲和而歌，招摇于市，时而大笑，时而大哭，旁若无人。"

"如此说来，荆轲确是一个异人。不过，也有些怪。"

田光一听太子丹说荆轲有些怪，怕引起误会，遂立即补充说道：

"荆轲虽嗜酒，日与狗屠之流为伍，但其人深沉而好读书。周游列国，所到之处尽与其贤豪者结交。在卫时，曾脱贤大夫之急十有余起，江湖声名远播。"

太子丹见田光这样说，遂立即说道：

"既然先生如此推崇荆轲，相信一定非等闲之辈。那么，是否可请先生召来荆轲一见？"

"诺！明日田光就去召荆轲。"田光爽快地应道。

接着，二人又说了一会儿闲话，太子丹便起身告辞。田光将他送出大门，二人再次长揖挥手作别。可是，没等田光转身往回走，没走几步的太子丹突然又回过身来。

"殿下，还有什么吩咐吗？"

太子丹转身走了两步，田光也迎了上去。太子丹望了望田光，然后伸手紧紧把着田光的手臂，摇了摇，附在田光耳边说了一句话：

"此军国大事，不足为外人道也，望先生勿泄！"

田光退后一步，长揖而拜道：

"殿下请放心！"

太子丹这才安心地走了。

望着太子丹远去的背影，田光原地待了很久。

第四章　受命

1. 召荆轲

接受了太子丹召请荆轲的托付之后，田光第二天一大早就出门往燕都蓟的市井酒肆。可是，出了太子府不久，田光就改变主意了。

"不要往东城了，往西城太傅府。"

车夫一听，愣了一下，但又不敢多问田光。于是，立即勒转马头，往西城方向而去。

不到烙十张大饼的工夫，田光的马车便停在了太傅府前。

"田大侠，怎么一大早就光临寒舍，是什么风把您这样的贵客吹来的啊？"太傅鞠武听说田光来访，忙不迭地从府中奔出，而且远离田光几十步之遥时就这样欣喜地高声说道。

田光见此，也非常高兴，连忙三步并作两步地迎了上去。

二人携手入府，到了厅堂坐定后，鞠武又问道：

"大侠，今天一大早就光临寒舍，一定是有什么重大事情吧。"

田光抬头看了看堂上，见有两个仆从在旁侍候，于是便看了看鞠武，没有张嘴。

鞠武一见，立即明白其意，遂连忙对那两个仆从挥了挥手，让他们下去了。

见两个仆从下去，堂上只有自己与鞠武二人，田光便开口说道：

"不瞒太傅说，今天冒昧来访，确实是有重大事情要请教相商。"

"什么事？但说无妨。"鞠武急切地催促道。

"承蒙太傅高看，荐田光于太子殿下。殿下亲之尊之，让田光感激莫名。然田光非昔日之田光，气力与反应能力都不及从前。太子殿下所托，乃军国大事，攸关燕国百万人民的命运。田光自入太子府以来，夙夜思虑，终不得一策。又观太子殿下所养之死士夏扶、宋意与秦舞阳之辈，皆不可用。田光独力一人，不可能赴秦完成太子托付之大任。所以，思前想后，田光向太子殿下推荐了卫人荆轲。"

"大侠说的是那个天天与狗屠之辈在燕市纵酒放歌的荆轲吗？"鞠武急切地问道。

"正是。太傅以为如何？"

"鞠武以为不可。"

"为什么？"田光急切地追问道。

"此人嗜酒如命，如何担得起太子所托付的大任？那可是天大干系的事啊！"

"太傅担心他喝酒误事吗？"

"正是。我虽知道他的武功可能不在大侠之下，但是当初我之所以不向太子殿下推荐此人，而要远赴赵国苦苦寻觅大侠，一是因为我了解您的武功，二是你我有多年的交情，还有您过人的谋略，足以担当大任。我推荐您，我心定。反观荆轲，从他所结交的朋友，就知道他的格调不高，如何能担当大任？"

田光觉得鞠武可能误解了荆轲，觉得应该替他解释几句。他怕太子丹受鞠武影响，请来了荆轲而太子不用，那就对不起朋友了。也因为考虑到鞠武对太子丹的影响，他今天早上才突然改道先访鞠武，征求他的意见。于是，立即接口说道：

"感谢太傅对田光的信任。不过……"

"大侠请让我把话说完。"

"好，太傅您先说。"田光见鞠武情绪有些激动，遂笑着说道。

"荆轲每日与狗屠之辈为伍，纵酒放歌于燕市，旁若无人。这种放浪形骸的人，即使他的武功天下无敌，恐怕也很难接近秦王吧。"

"太傅为什么这样说？"田光有些不解了。

"大侠，您想想看，要想接近秦王，只有一条途径，那就是以燕王之使的身份。"

"太傅的意思是说，荆轲不适合担任燕王之使，所以就不可能接近秦王，是吧？"田光问道。

"也可以这样认为。"

"为什么？只要太子殿下向燕王建议，让荆轲担任燕王之使，秦王难道还会有什么异议吗？"田光不以为然地说道。

鞠武见田光这样说，嘿嘿一笑道：

"大侠，荆轲那么有名，难道秦国就没人知道他的身份来历？如果秦王知道荆轲是一个整日与狗屠之流为伍的人，他一定认为燕王派这样的人出使秦国，是有意侮辱秦国。以秦国之强，秦王之尊，他能欣然接受荆轲作为燕王之使而召见他吗？"

田光一听，觉得鞠武分析的也有道理，虽然没有点头认同，但也没有立即反驳。

鞠武见此，遂又继续说道：

"如果荆轲是个无名之辈，燕王派他作燕使，也许秦王还不会注意，当然也就不会觉得有什么不妥。可是，事实上，荆轲在江湖上是有些名声的。这样，秦国人就容易调查出他的身份。如果真的调查身份，燕王不用燕国大臣为使节，而委派一个浪迹天下的卫国武士为燕使，那燕王派出使臣的动机就要被怀疑。如果这样，荆轲能见得到秦王吗？见不到秦王，如何能完成太子殿下托付的大任呢？"

田光听到此，呵呵一笑，说道：

"我知道，太傅一直主张'合纵'以抗秦，不赞成太子殿下行刺秦王的极端行为，所以就难免从心底排斥行刺秦王的任何计划。当初，太傅推荐田光给太子殿下，大概认为田光也会赞同您的主张。即使不赞成，田光迫不得已实施太子殿下行刺秦王的计划，也会考虑得更周全。这是太傅出于对田光的信任，也是对田光的了解。今日太傅听说田光要推荐荆轲给太子殿下执行这个计划，所以就更加不放心了，是吧？"

"大侠既然知道，为何还要向太子殿下推荐荆轲呢？"鞠武望着田光，不解地问道。

"刚才已跟太傅说过，今日之田光，非昔日之田光。田光怕完成不了太子殿下托付的大任，既有负于太子殿下重托，又有负于太傅的信用。昔鲁人孔丘有言：'举尔所知。尔所不知，人其舍诸？'这是孔丘教导其得意弟子仲弓的话。意思是说，举荐你所了解的人。你不了解的人，由他人举荐。我觉得孔丘之言是符合举贤用能之道的，所以就依据这个原则，向太子殿下举荐了荆轲。"

"大侠的意思是说，荆轲并非是最合适的人选，但目前在您视野中只有他一人最合适，是吗？"鞠武问道。

田光略略点了点头，说道：

"也可以这样说。"

"对荆轲其人，鞠武也并不真正了解，只是就我所看到的纵酒放浪的荆轲而提出疑问，表示我的担心罢了。"鞠武语调低缓地说道。

见鞠武这样说，田光觉得有必要再就荆轲的为人向他申述一下，以打消他的忧虑，进而影响到太子丹。于是，又接着说道：

"太傅看到的荆轲，只是装出来的荆轲，并非真面目的荆轲。他之所以纵酒放歌于燕市，与狗屠之辈混迹，无非是以放浪形骸的形式表达自己怀才不遇的抑郁之情罢了。就田光所知，荆轲其人，好读书深思，并非一般游手好闲的武士。更为难能可贵的是，荆轲为人义薄云天，守诚信，重承诺，在卫国时曾脱贤大夫之急十余人。"

"大侠所说的这些，鞠武以前倒是不知道。"

"太傅还有一样可能更不知道。"

"荆轲还有什么过人之处，大侠请赐教。"

"田光之所以要向太子推荐荆轲，还有一个重要原因，就是他有喜怒不形于色，山崩于前而色不变的心理素质。而这一点，正是刺客特别是要入秦的刺客所必须具备的条件。太子殿下虽养了几个武士，但依田光看都不堪大用。夏扶乃血勇之人，怒而面赤；宋意乃脉勇之人，怒而面青；秦舞阳则是骨勇之人，怒而面白。这些人如若入秦执行任务，恐怕还没见到秦王就控制不住情绪了。太傅，您想想看，这样的人能成大事吗？俗话说：'千军易得，一将难求。'也许天下武功超过荆轲的人有很多，但田光相信，心理素质能及于荆轲的恐怕不多吧。这样的人才，只能是可遇而不可求的。正是考虑到这一点，田光这才向太子殿下郑重举荐。"

听到这里，鞠武突然有了兴趣，遂连忙追问道：

"荆轲真的有这么好的心理素质吗？"

田光见鞠武似乎仍有不信，于是莞尔一笑道：

"太傅，田光给您说一件小事吧。"

"好。"鞠武点点头，望着田光，颇是期待。

"荆轲曾到赵都邯郸游历，一次与赵国人鲁句践博戏，因博戏之局而发生了争执。"

"结果怎么样？"鞠武颇是急切地问道。

"鲁句践是个性情暴躁的人，尽管与荆轲已经结为好友，但为了一点小事，仍然控制不了情绪，对荆轲大声呵斥。"

"那荆轲怎么样？"鞠武又问道。

"旁观者都觉得鲁句践太过分，认为荆轲一定忍不住这口气，会挥拳或挥剑相向。可是，荆轲没有。他只是看了鲁句践一眼，然后黯然离去，从此不再与他见面。"

"荆轲选择黯然离开，是不是因为武功不及鲁句践，而只得忍气吞声呢？"鞠武又问道。

"当然不是。荆轲到赵都邯郸后，是鲁句践慕其侠义与武功主动交结于他，荆轲武功远在鲁句践之上，不然他也不敢到游侠遍地的赵都邯郸。荆轲之所以选择忍让，一是基于朋友道义，二是基于自己的理想。"

"与朋友相处选择忍让，这是对的。如果朋友之间都不能彼此相让，而是斤斤计较，那么就无法与别人相处了，更难以人格的魅力而让江湖上的朋友所敬佩。这一点，我觉得荆轲做得很好，有容乃大。"

听到鞠武终于对荆轲有了正面评价，田光立即趁热打铁地说道：

"鲁人孔丘有言：'小不忍则乱大谋。'荆轲与鲁句践相争，之所以选择忍让，除了基于朋友之道的考虑外，更重要的是他心中装着远大理想，他想留得有用之身，寻觅机会，实现自己的抱负与理想。这一点，才是做大事的人才具备的素质。田光相信，如果太子殿下委荆轲以大任，他一定会在执行刺秦任务的过程中从容面对，处理好各种突发状况，最终达成目标的。"

"听大侠这样一说，鞠武也确认荆轲的心理素质非常好，有做大事必备的资质。不过，这只是一个方面。还有一个方面，大侠是否也已经确认过？"

"什么方面？"田光不解地问道。

"武功到底怎么样？大侠您有没有与之交过手，或是看他与别人交过手？鞠武不是不相信大侠，只是曾经听人说过关于荆轲的一件事，让我心存疑虑。"

"什么事？"田光也急了。

"听说有一次，荆轲慕剑术家盖聂之名，前往榆次拜访盖聂，想与之切磋剑术。但是，没谈几句，盖聂就觉得荆轲不行，遂用眼瞪了他一下。结果，荆轲就离开了。"

"这说明荆轲能忍啊！这不又一次印证了我刚才所说的那句话吗？他这也是'忍小忿而成大谋'啊！"田光兴奋地说道。

鞠武摇摇头，说道：

"他这不是'忍小忿而成大谋'，而是能力不及，知道不是盖聂的对手，知难而退罢了。这虽是一件小事，但却反映出两个问题，一是荆轲剑术不精，二是荆轲胆量不足。而这两点，正是执行刺秦大任的最大障碍！"

田光见鞠武这样说，立即反问道：

"何以见得荆轲就是因为胆怯或剑术不精而退，而不是别的原因呢？"

鞠武见田光较起真来，遂也较起真来，说道：

"荆轲离开后，有人劝说盖聂，将荆轲再请回来。盖聂说：'刚才我与他谈论剑术时，他所论甚是不妥，所以我用眼瞪了他一下。如果你们愿意，就去找找看，让他再回来。不过，我估计他已经离开了，不敢再留在此地了。'"

"结果怎么样？"这一下轮到田光着急了。

"盖聂派出的人找到荆轲平日所居之所，房东告知，荆轲已付清房租离开榆次了。盖聂获报，得意地说道：'他本来就应该走了，我刚才瞪了他一眼，他已经知道自己几斤几两，所以害怕得逃走了。'"

"即使这个传说是事实，但田光仍然不相信荆轲是因为害怕而离开榆次，而是别有用意。因为我了解他，他虽然很冷静，但绝不是一个没胆量的人。至于武功方面，如果太傅能看得上田光，那么应该对荆轲有信心。"

"大侠，此话怎么讲？"鞠武连忙问道。

"大约在五年前，田光在邯郸结识了荆轲。当时，邯郸有一个天下剑客大会，几乎所有的剑客都到了。"

"是不是要比武论英雄？"鞠武兴奋地问道。

"正有此意，但不是这么说，而是以切磋剑术为名。所有剑客都可以上场一试，大家点到为止，没有一个人因此而受伤。"

"这很好。那么，大侠是不是跟荆轲比试了呢？"鞠武又问道。

"田光与荆轲的比试虽然只有几招，但从他的剑法起势与收势中，都能领略到一种少有的凌厉。如果是剑术不甚精湛的人，恐怕与荆轲交手几个回合就要败下阵来。"

"果然有那么厉害？"

田光点点头，继续说道：

"田光在与荆轲交手之前，因为认真观察了他与许多人交手的套路，暗记下要领。所以，在与他交手时心中有数，这才没有败在他手下。"

"大侠的意思是说，如果您不事先观察熟悉他的剑术套路，您是打不过他的，是吧？"

田光点点头。

"江湖上人人皆知大侠是以轻功著称，那么荆轲又是以什么功夫最为出众呢？"

"他以进剑速度见长，短时间内的爆发力强。如果剑术不精，气力不足，而又无轻功消耗他的气力，恐怕很多人在上场的几招中就要成了他的剑下鬼。"

"大侠的意思是说，您能与他打成平手，是因为用轻功消耗了他的体力，使他的爆发力使不上劲，是吧？"鞠武的兴趣更大了。

田光看了看鞠武，莞尔一笑道：

"想不到太傅也懂武功了。"

"见笑了！是大侠讲得好，鞠武才略有所悟。"鞠武不好意思地笑道。

看鞠武对荆轲的抵触情绪大大减少，神情也轻松了不少，田光也高兴了。于是，用轻松地口吻说道：

"太傅，您还记得蔺家花园漫天飞花的情景吗？"

"当然记得。当时，正当夕阳西下，满天红霞，落花飘飘，恰似五月飞雪。"鞠武一边这样说着，一边似乎已经沉醉于其时的情境之中。

"其实，'五月飞雪'就是田光从荆轲那里学来的功夫。当时，荆轲被我的轻功弄得精疲力竭，招架无力，眼看我的剑锋就要逼到他的鼻梁时，他突然神力爆发，飞起一脚，踢得满树花儿如飞雪一样飘落，一下子模糊了我的视线。就在我一愣神的时候，他已经转到了我的身后，把剑架到了我的脖子上。"

"哦？原来还真有'五月飞雪'之功，只不过不是大侠的发明，而是荆轲的绝招。"

田光微笑地点点头。

过了一会儿，鞠武突然又问道：

"大侠刚才替荆轲说了那么多好话，难道他就没有弱点吗？"

"当然有弱点。刚才不是说了吗，他最大的弱点就是轻功差了点。如果有轻功，那就如虎添翼了。另外，他的近身搏击能力不足，能使长剑，但不能徒手相搏。这一点，是田光最为担心的。"

"为什么？"鞠武又好奇地追问道。

"行刺秦王，不可能手持长剑进入秦王宫。以历史的经验来看，无论是曹沫劫持齐桓公，还是专诸行刺吴王僚，都是持匕首而成事的。荆轲近身搏击能力不足，若持匕首刺秦王，恐非他的强项。"

"既然如此，大侠为什么还要向太子举荐荆轲呢？"鞠武不解地问道。

"太子殿下索之甚急，田光一时到哪里去找一个十全十美的人呢？况且这世上根本就没有十全十美的人。权衡之下，目前也只有荆轲可担此大任。"

"大侠说的是。"

见鞠武这样说，田光便起身与鞠武告辞：

"既然太傅也这样认为，那么田光这就去燕市召荆轲了。"

"这样，你就好脱身了，是吧？不过，鞠武倒是要提醒大侠一句，您生平素有大志，这次您把机会让给荆轲，那从此青史垂名的事就与您无关了。大侠，您看您这是不是辜负我当初对您的信任与一片心意呢？哈哈！"

田光听得出来，鞠武这是在开玩笑，于是也大笑了一声，说道：

"田光这不是逃脱责任，也不是有意要辜负太傅您的厚意，而是田光有自知之明，为了太子的大事而勇于让贤而已。如果朋友能成大事，不是也一样吗？"

"是！"

2. 田光殉义

田光在燕市找到荆轲时，没敢在稠人广众的闹市中相认，而是等到他与狗屠等人纵酒放歌，分道扬镳后，悄悄地尾随其后，到了他的居所。

其实，说是住所，那是太夸张了。事实上，荆轲原来根本就没有什么固定的住所，也没有寄住的客栈，而是栖身于燕都蓟城东门外靠近城门的一个临时草棚中。这里白天各色人等进进出出，吵吵闹闹。而一到日落，城门关闭之时，则杳无人迹。晚上除了一片漆黑，就是风声鸟声虫鸣声。如果是冬天，恐怕就是万籁无声了，一片死寂。

当荆轲蹒跚着走到那个草棚前时，原来一直蹑手蹑脚地尾随其后的田光，立即止住了脚步，远远躲在一棵树后观察。过了好一会儿，见荆轲钻进草棚后就毫无动静，田光估计他已醉酒睡着了。于是，便蹑手蹑脚地从树后转出来，慢慢地靠近荆轲所住的草棚。

可是，还没等田光靠近那个草棚，早已被一股难闻的气味熏得要窒息了。下意识中，他低头看了一下脚下，这才明白是什么原因。原来，草棚周围到处都是大小便，苍蝇满天飞。看着这一切，田光情不自禁地退后了一步。可是，还未站稳，就觉得脚底下似乎被什么粘住了。田光又情不自禁地回过头来看了一眼，这才发现正一脚踩在一泡大便之上。

"唉，这个荆轲，也真是的。再怎么粗犷，再怎么不修边幅，也不能在自己栖身的地方随便大小便啊！难道多走几步，往旁边树木中解决，也能累死人吗？"

田光一边这样心里嘀咕着，一边还是捏着鼻子，仔细地看着地面，一蹦三跳地往荆轲住的草棚靠近。

终于靠近草棚后，田光探头往草棚里一看，只见里面黑乎乎的，什么也看不见。再仔细打量一下草棚的大小，发现真的很小，估计也就只有容一人躺下的空间而已。

田光在草棚口站了好一会儿，揉了揉眼睛后，再次往草棚里探望。但是，仍然什么也看不到。站在草棚口犹豫了一会儿，田光最后决定钻进去看个究竟。于是，便猫着腰，低着头往草棚内钻去。可是，头还没钻进去，就听里面鼾声如雷，原来荆轲早就睡着了。

田光见此，只得蹑手蹑脚，同时眼睛仔细看着地面，脚尖点地，轻轻地离开了荆轲窝身的草棚。然后，找了一个干净的地方，靠着一棵大树，眼睛正好望到荆轲窝身的那个草棚，远远地守望着，等他睡醒了出来相见。

可是，等了一个时辰，荆轲没出来；等了两个时辰，荆轲仍然没睡醒。眼看红日快要西沉，城门即将关闭了，田光再也坐不住了。于是，顾不得礼貌，也顾不得脚下，三步并作两步地奔到荆轲窝身的草棚前，对着里面大喊了一声：

"荆轲大侠，荆轲大侠！"

第一遍，没反应，里面毫无动静。喊第二遍时，则听到里面有窸窸窣窣的声音。到第三遍时，已见荆轲从草棚内钻出头来，揉着眼睛，吃惊地问道：

"谁在大喊大叫？"

"是我，田光。"

"田光？"荆轲似乎还没从睡梦中完全醒来。

"荆卿，我是赵国田光啊！难道您忘了兄弟不成？"田光几乎是吼叫道。

"是田光，田大侠啊！"这一下，荆轲算是彻底清醒了。于是，一边说着，一边坐到了草棚口。

"荆卿，您怎么住在这种地方呢？"田光几乎是不假思索地冲口而出。

荆轲再次揉了揉眼睛，黯然无语。

田光知道自己失言了，于是连忙转移话题道：

"荆卿，您让愚兄找得好苦啊！"

"愚弟也想念兄长，可惜一直没有您的音讯。来，快坐！"

荆轲话音刚落，手一拍到屁股下的草堆，这才想起这里没有坐席，只是臭不可闻的窝棚。于是，连忙改口道：

"兄长，我们借一步说话吧。"

"好！"田光就等这句话。

于是，二人携手离开了窝棚，向一片离城门不远的开阔地走去。

走到那片开阔地，还没等坐下，田光就发现守城官兵正在准备关闭城门了。

"贤弟，马上就要关闭城门了。愚兄今天为了寻找贤弟，一天都没进食。依愚兄看，俺们索性先进城，一起吃顿饭，喝点酒，一边喝一边聊，如何？"

荆轲一听，心里虽然非常高兴，但表面却不好意思欣然接受，所以就没有立即回应。

田光知道他的心思，遂一把拖住荆轲的胳膊，说道：

"贤弟，快走吧，等会儿关了城门，俺们想进去也进不去了。"

荆轲见田光这样说，也就不再推辞，立即跟田光快步奔向城门，在城门即将关闭的一瞬间，携手进了城。

进城之后，田光本想立即带荆轲到太子府去见太子丹。但是，在进城门时，因为拉拽荆轲，近距离与他接触，闻得他身上的气味实在难闻。再说，他现在头发蓬乱，就像一个乱鸡窝。衣服也破破烂烂，脸上污垢纵横。这个样子跟太子见面，既唐突了太子丹，也有损荆轲的形象。如果太子丹感觉不佳，不认可荆轲，那么自己想脱身就很难。

想到此，田光就一边走一边向城中两旁的客栈瞅。走到一家较有规模的客栈前时，田光有意慢下了脚步，装着漫不经心的样子，对荆轲说道：

"贤弟，您看，这家客栈不错，隔壁还有一家酒肆。天也黑了，愚兄已经饿得不行了，不如俺们就在此吃点东西，然后住下，通宵把酒夜话，如何？"

"兄长的这个主意好！"荆轲兴奋地说道。

于是，二人便往酒肆走去。可是，快要进酒肆时，田光突然提议道：

"贤弟，索性俺们不进酒肆了，直接到客栈住下，让老板将酒菜叫到客栈，俺们兄弟在客栈一边喝一边聊，岂不是更清静？"

"兄长这个主意好！"

于是，二人转往旁边的客栈。

"老板，有没有上等的客房？"一进客栈，田光就高声问道。

老板一听要上等客房，知道这是个有钱的主。于是，一路小跑地趋前应答道：

"当然有。客官，要几间？"

"一间就够，不过，要大点的。最好清静无人打扰。"田光强调道。

"客官，说来也凑巧。后院有一间大的客房，独门独户，前后左右都没别的客房，十分清静。这间房，原来是由一个赵国的客商长期租住，昨天他才退房回赵国。"

田光一听，非常高兴。心想，这样的地方，正好与荆轲谈正事，也不怕有人偷听到。于是，就爽快地说道：

"那就这间吧，房钱不成问题。不过，有两件事，要劳烦老板办一下。"

"哪两件事？请客官吩咐！"老板哈着腰，谦恭有加地说道。

"一件是赶快备一桶洗澡水，我这位兄弟长途旅行，身体劳乏，要先洗个澡放松放松；另一件很简单，让人到隔壁酒肆订些酒菜，搬到客房来。"

"好好好！"老板连声应答，但是，却没动地方。

田光见此，这才醒悟，连忙从袖中掏出一锭小散金递了过去，说道：

"这些付一夜的房钱与订酒菜的钱，应该够了吧？"

老板一见金子，眼睛立即放光，接在手里，乐在心里，两只眼睛笑得挤成了一条缝，一迭声地说道：

"够了够了！谢谢客官照顾！"

说着，老板连忙招来两个伙计吩咐了一番，让他们分头去办。而他自己呢，则带着田光与荆轲径直往后院客房而去。

不进来还不知道，一走进后院，田光还真大吃了一惊。原来，这家客栈外表看来并不怎么起眼，只是觉得规模好像比较大些。进到后院，这才发现是别有洞天。院子约有五亩大小，里面遍植花木，虽然现在已是八月初秋，已经看不到什么花了，但是却能闻到淡淡的花香在薄暮的空气中弥散着。

"老板，你这后院还真雅致，花木参差，刚才好像还闻到了一股淡淡的幽香，莫非现在还有什么奇花不成？"

"客官，您忘了吗？现在八月，正是桂花飘香的时候啊！"老板兴奋地说道。

"原来你这后院还有桂花啊！"

"现在天色已晚，看不见了，只能闻到桂花的香味。如果天色尚明，您会看到一丛丛淡黄色的桂花缀满枝间，与绿叶相衬，非常好看。客官真是好福气，这个时候住进来，晚上都要闻着桂花的香气入睡呢！"

老板一边这样说着，一边沿着院中曲曲弯弯的小径，将田光与荆轲二人带到了后院的客房。

来到客房，站在门前一看，只见房前院中满眼的树木，左右两边则是高低不一的各种树木与灌木构成的树墙，屋后也是这种树墙。在暮色中，这些影影绰绰的树木，就像一个个守卫院落的卫兵。

"客官，俺们进屋吧，天色不早了，快看不见了。"老板见田光站在房前左顾右盼，好久不动，遂轻声提醒道。

"好，进屋吧。"田光应了一声，就与荆轲一起随老板进了屋。

"二位客官，你们先站着别动，等我击石取火，点灯照明。"老板一边这样说着，一边就从衣袖里摸出了打火石。咔嚓咔嚓地打了一阵，终于打着了火，点燃了松明。于是，屋里顿时明亮起来。

"二位客官，你们看看，这间客房还满意吧。"老板望着田光与荆轲恭谨地说道。

田光点了点头。

"既然满意，那二位先休息一下，洗澡水一会儿就让人抬过来。洗澡的大木桶就在那个墙角。"老板一边说着，一边用手指了指里面一间房间的角落。

老板说完便告辞退出了。大约过了烙十张大饼的工夫，两个店小二抬着一大木桶热水进来了。

田光见水热气腾腾，便上前想用手指试一下水温。一个店小二看见，连忙制止道：

"客官，这是开水，当心烫伤皮肤的。"

"那这么热的水怎么洗澡呢？"田光反问道。

"等会儿我们会加冷水，调到半温不热的样子，就可以洗了。"另一个店小二说道。

二人一搭一唱地说着的同时，已经麻利地将那桶开水倒进了房内的大木桶中。然后，二人一起提着水桶往房后墙根走去。田光好奇，跟在后面看。原来墙根有一口水井。

两个店小二打了一桶井水，抬到房内后，先往里倒了半桶。用手试了一下水温后，又往里倒了一点。再试，再倒一点。试到第三次时，两人终于确认温度正好了。于是，转过身来，对田光与荆轲说道：

"客官，水温调好了，现在可以洗澡了，保证洗得舒服。"

田光点点头，两个店小二就退出了。

但是，没等店小二前脚跨出门槛，田光就把他们叫住了。

二人连忙转身，几乎异口同声地问道：

"客官还有什么吩咐？"

"你们帮我去弄一套好的衣裳过来，不管什么方法。这是衣服的钱。"田光凑近他们耳边，一边说着，一边就从袖中掏出了一点碎金塞到一个店小二手中。

店小二借着屋内射出的微弱的灯光一看，原来是金子，大喜过望，连声说道：

"客官，俺们马上去办。"

大约过了烙十张大饼的工夫，两个店小二又回来了。一人举着火把走在前面照路，一人捧着一个竹筐，竹筐上面是一套衣裳。

二人进得门来，一个先将竹筐上面的那套衣裳向田光奉上，说道：

"客官，您看这套衣裳如何？是俺们老板想办法才临时弄到的，不知合意不？"

田光展开衣裳看了看，觉得与荆轲的身材应当相配，颜色款式也恰当。心想，这大概是老板临时从别的客人那里用高价换来的吧。于是，点了点头，收下了衣裳。

"客官，这筐里是酒菜，刚从隔壁订的，还热乎着呢！趁热吃吧。"另一个店小二说道。

田光揭开筐盖看了看，满意地点了点头。

两个店小二告辞出去后，田光捧着那套衣裳就进了屋里。此时，荆轲已经洗刷干净，田光送上衣裳正是及时。

"贤弟，愚兄给你弄来一套衣裳，不知合适否？将就着点穿吧。贤弟原来穿的那套，要不我请老板找人浆洗一下，留着以后再换吧。"田光体贴地说道。

荆轲一听，看了一眼自己那堆洗澡前换下的又脏又破的衣裳，心中顿时涌起一股暖流，不知说什么好。良久，才望着田光，说道：

"兄长不必再费心了！既然承蒙兄长弄来了一套新衣裳，那这堆脏衣裳扔掉也罢，没有必要再浆洗了。"

"贤弟说的也是。既然如此，那愚兄现在就把它拿到院子里吧。"

"还是愚弟自己来吧，别脏了兄长的手。"荆轲一边说着，一边从木桶中站起身来。

擦干头上与身上的水，换上田光弄来的新衣裳，拢了拢洗过的长发，灯光下的荆轲面貌焕然一新。田光打量了一下，情不自禁地脱口而出道：

"贤弟如此一番打扮，简直让愚兄都不认识了。无论是气度，还是神色，一看便是一个非凡的大侠形象。"

荆轲不好意思地低头看了看衣裳，又望了望田光，说道：

"谢兄长抬爱！"

"好了，我们不说了。饭菜都快凉了，我们快点吃吧。贤弟洗完澡恐怕更饿了吧。"田光一边说着，一边拉着荆轲的手，从房内走到了外室。然后，麻利地将筐内的酒菜拿出来，摆上了食案。

一切妥当后，二人施礼，入席坐定。

田光执壶先给荆轲斟了一盏酒，再给自己也斟了一盏，然后举起酒盏，说道：

"这盏酒是愚兄敬贤弟的，干！"

"兄长，怎么好您先敬呢？理应是愚弟先敬兄长才对呀！"荆轲长跽而谢道。

"你我兄弟，何分先后呢？多少年后才有机会与贤弟相逢，愚兄高兴啊！"

"其实，愚弟也一直想念兄长。曾起念要去寻找兄长，但是一事无成，温饱尚不能解决，何面目去见兄长？"荆轲无奈地说道。

"自赵都邯郸一别，贤弟就到燕国来了吗？"田光开始将话题引向自己设定的路径。

"唉，说来话长。"荆轲叹了一口气道。

"那就长话短说吧。咱们兄弟很久都没能在一起聚了，有什么事都说出来，即使愚兄不能为你分担，也能为你出个主意啊！"

荆轲见田光这样说，遂打开了话匣子：

"三年前，一个风雪交加的夜晚，愚弟因为两天没进食，天冷难耐，遂当了仅有的一件皮袍，到酒肆买醉。酒后顶着风雪回寄住的客栈，走到半路就倒在了雪地里。"

"那不要被冻死啊！"田光口气急切地说道。

"大概是天不绝荆轲，就在我倒地不久，雪地里走来一个大汉，他也喝了酒，醉眼蒙眬，步履蹒跚，被我绊倒了。大概摔得不轻，倒是被摔清醒了。爬起来一看，发现绊倒自己的也是一个醉汉，于是他艰难地把我背回客栈，救了我一条命。不然，我早就填了沟壑，兄长今天怎么可能见到我呢？"

"那么，救贤弟的那个醉汉是谁？"田光急切地问道。

"就是这些年天天与愚弟一起喝酒，放歌于燕市的狗屠兄弟。"

田光一听，这才彻底明白，为什么荆轲整天与狗屠这种人混在一起，原来狗屠是荆轲的救命恩人。

正当田光陷入深思之时，荆轲又说道：

"狗屠兄弟不仅救了愚弟一条命，这些年还养了愚弟这条命。"

"此话怎么讲?"田光好奇地问道。

"愚弟在燕国举目无亲，又无谋生的一技之长，吃喝都赖狗屠兄弟杀狗的生意所得维持。"

"哦，原来是这样。那这位狗屠兄弟真是够义气!"田光情不自禁地赞叹道。

"是啊，没有这位兄弟，愚弟恐怕这几年也无法在燕国活下来。"

"这位兄弟的真实大名是什么?"田光一直想知道这位狗屠兄弟的名字，遂忍不住问道。

"这个，说实话，愚弟也不知道。有一次，我也问过，他不肯说，所以之后我再也不问了。"

"虽说这位兄弟够义气，但贤弟也不能一辈子靠他吃饭。是吧?"田光开始上正题了。

"愚弟也是这样想的。狗屠兄弟每日屠狗所获菲薄，我每天靠他吃喝，实在过意不去。"

田光听他这样说，觉得转入正题的机会差不多成熟了，但是，这时他反而不着急了。连忙给荆轲斟了一盏酒，说道：

"来来来，喝!吃肉!我们都光顾着说话了。"

等荆轲又喝下一盏，又吃了一些肉后，田光才接着说道：

"贤弟，你我当初虽只是一面之交，但在我们心中却像是几十年的老友一样，肝胆相照。贤弟的人品与武功，愚兄都是非常钦佩的。所以，愚兄以为，以贤弟的能力与志向，不应该一辈子碌碌无为，而应该做一番轰轰烈烈的大事业，以此名垂青史，彪炳千古。"

"兄长真是开玩笑!愚弟即使真有兄长说的那样好，也没有机会啊!"

田光望了望荆轲，见他眼露诚恳，说得认真，觉得可以直捣中心了。于是，说道：

"现在就有一个绝好的机会，贤弟附耳过来。"

田光一边这样说着，一边自己先欠起身来，同时警觉地看了看客房内外。荆轲见此，也立即长跽而跪起身来，附耳到田光跟前。于是，田光就将推荐他给太子丹的经过与所要执行的刺秦任务原原本本地跟他说了一遍。说完后，二人各自归席。田光紧张地看了看荆轲的脸色，就怕他不肯答应。没想到，荆轲听完，归席坐未稳，便站了起来，向田光长揖三次，说道：

"昔豫让有言：'士为知己者死，女为悦己者容。'荆轲素有鄙志，然不能偿其愿。今承蒙兄长看顾，令愚弟结交于太子，如承蒙太子殿下信任，荆轲定当赴汤蹈火，在所不辞！"

"好！一言为定！来来来，先喝三盏！"田光终于将一桩心事完成了，兴奋之情溢于言表。

荆轲意外地获得结交燕太子丹的机会，自然更是高兴。虽然刺秦的结局可以预料，但对于他来说则非常坦然，能有这样一个机会显扬万世之名，这是他梦寐以求的。

二人都了却了心愿，于是喝酒的意兴更高了。不一会儿，一坛上好的燕国烧就喝了个底朝天。荆轲好像还不尽兴，但田光看来却有些醉意了。

"贤弟，刚才愚兄所拜托的事务必记住，明天务必要去拜见太子殿下。"田光有些饶舌地叮嘱荆轲道。

"难道兄长明日不陪愚弟一道去晋见太子殿下吗？"

"愚兄听说有这样一句话：'士不为人所疑。'我与太子告别来找贤弟时，太子殿下送至门外，嘱曰：'此国事，愿勿泄之！'太子说这话，说明他还不太信任田光。疑而生于世，田光所羞也！"

"兄长的意思是说，因为太子的这句话，您不再回去晋见太子殿下了，是吧。"荆轲问道。

"正是。"田光一边说着，一边从袖中掏出一锭金子，推到荆轲跟前。

荆轲一见，不解地问道：

"兄长，您这是干吗？"

"这些是给贤弟临时零用的。"田光说完这句，就趴在食案上不动了。

荆轲以为田光是喝醉了，趴着睡着了。于是，就坐在田光对面的席上，望着睡熟的田光，思前想后，浮想联翩。

等了约一个时辰，荆轲看房内燃烧的松明已经奄奄一息，快要熄灭了，知道夜已深。于是，就上前推了推田光一把，没有反应。再推一把，还是没有反应。荆轲觉得不对，遂把田光的头扳起来，发现案上已经有一摊血迹。再扳开田光的嘴，发现满嘴都是血。荆轲是习武之人，知道田光已经吞舌而死了。于是，放声大哭，直哭得自己也没了气。

第二天早上，店小二来送水送饭，这才发现昨晚住进的二人已经一死一昏。于是，连忙叫来老板。最后，经过一阵拍打与灌水，才算将荆轲救醒过来。

3. 荆轲来见

幸亏有田光临死前留下的那锭金子，幸亏有客栈老板的帮忙，荆轲才得以从容而风光地为田光办理好丧事。

三天后，也就是秦王政十七年，燕王喜二十五年（前230）八月二十五，荆轲总算从田光吞舌而死的悲伤中走出来，强打精神，日中时分到了燕国太子府前，准备晋见太子丹。

荆轲刚到太子府前，就有府中仆从上前打问：

"请问您是哪位？有什么事要晋见太子吗？"

"让太子殿下自己来问，就什么都知道了。"荆轲看都不看他一眼，眼睛朝天地说道。

仆从看荆轲气宇轩昂的样子，觉得他可能大有来头，于是就不再追问，连忙转身回府，一路小跑地向太子丹报告去了。

"殿下，府前有人说要求见。"仆从一见太子丹，就气喘吁吁地报告道。

"什么人？"

"不知道是什么人。此人长得高大魁梧，长发披肩，腰悬长剑，看相貌倒是一表人才。"

"那怎么不问问清楚，他到底姓甚名谁？何处人士？"

"小人谦恭地请教过，但是他似乎非常高傲，不肯说。而且坚持一定要殿下到门口亲自去问他。"

"哦？这倒是一个奇人！来人，将礼服拿来！"太子丹心中已经猜到，这个奇人肯定就是田光请来的荆轲了。

太子丹话音未落，立即上来两个仆从，问道：

"殿下，今天有什么重大活动吗？"

"不要问那么多，拿来便是！"太子丹不耐烦地说道。

两个仆从立即诺诺而退，不一会儿就将太子丹的礼服送来了。接着，二人合作，给太子丹穿好，系上带子，佩好剑。然后，又给太子丹戴上太子冠冕。一切停当后，太子丹便随着刚才来报告的仆从一路小跑着往太子府门前而去。

大约离太子府正门还有二十步的距离，太子丹已经看到一个高大的年轻人正昂然挺立在门口，背对着太子府门里，正抬眼向府前方眺望着。

"不知大驾光临，有失远迎，实在抱歉！"太子丹走近荆轲，还没看到他的脸，就谦恭地说道。

荆轲闻声，立即转过身来，发现太子丹竟然盛装出迎，知道他有待士之诚意，心里顿时一热。情不自禁间，他想先给太子丹施礼，但最后却忍住了，故意装得非常平静，用眼睛余光扫了太子丹一眼，然后不紧不慢地说道：

"莫非你就是燕太子？"

太子丹听荆轲称呼自己连殿下的字眼都不用，就知道他是一个高傲的人了。但是，他心想，凡是有能力的人都是高傲的。只要有本事完成自己刺秦的大计，任凭你多狂多傲，也没关系。想到此，太子丹立即坦然而笑容满面地回答道：

"正是不才。大侠莫非就是田光先生推荐的荆卿荆大侠？"

荆轲听太子丹称呼自己如此客气，恭敬有加，遂对太子丹又多了几分好感。但是，这种好感荆轲仍然没有表现在脸上，而是平静如常，丝毫看不出他内心有什么激动或感激之情。听太子丹问到自己的身份时，他只是淡淡地说道：

"正是荆轲，卫国一介草民。"

"大侠誉满天下，丹仰慕久矣！如果不是因为田先生的缘故，丹这一辈子恐怕都无缘一仰大侠的风采。"

太子丹一边不失时机地恭维着荆轲，一边长揖三拜。而荆轲呢，则只礼节性地回了一拜。

"殿下，快请大侠进府说话呀！"仆从提醒道。

"哦，对对对！你看，我都高兴得什么都忘了。大侠，里面请！"太子丹一边说着，一边走在前面亲自侧身引路。

一到厅上，太子丹立即对荆轲伏地而拜。然后，又膝行而至座前，弓身替荆轲扫席。扫席毕，恭恭敬敬地请荆轲居上首就座。荆轲也不谦让，大咧咧地在上席坐下。

荆轲刚坐定，太子丹就吩咐府中仆从道：

"快去书房，将柜顶那坛珍藏的秦国烧拿来。"

荆轲一听，觉得太子丹果然有礼贤下士的诚意。于是，一丝笑意不经意写在了眼角。

太子丹一直暗中观察荆轲的表情，见荆轲脸上终于露出不为人察觉的笑容，知道田光说得不错，看来这个荆轲是个嗜酒之徒。今天不妨来试试他的酒量与酒品，如果这两样都好，那就不怕他喝酒误事。

不一会儿，仆从就将酒搬来了，满满一大坛，足有十斤重。

太子丹亲自动手，摆好酒盏，先给荆轲满斟三盏，再给自己斟了一盏。然后，跪直了身子，举盏对荆轲说道：

"大侠远道而来，风尘仆仆，请先喝了这盏！"

荆轲也不推辞，端起面前的一盏，一仰脖子，就将一盏秦国烧喝了下去。

太子丹见此，也一仰脖子将自己手中的一盏喝光。然后，跪直身子，亲手端起荆轲面前的另一盏酒，高高举过头顶，说道：

"燕乃荒僻小国，大侠不嫌蛮域与丹不肖，不远千里而辱临敝邑，此乃上世神灵保佑燕国，降福于丹也！燕国何其幸哉！丹何其幸哉！从今以后，丹得以常侍大侠左右，日夕受大侠耳提面命。"

荆轲一听太子丹说自己是从卫国远道而来，以为太子丹不知道自己这些年一直与狗屠之辈混迹于燕市之事，心中不禁一喜，非常感念田光。如果田光先前跟太子丹说自己在燕市与狗屠之流混迹，恐怕太子丹就会看不起自己了。想到此，他便不置可否地接住太子丹的话说道：

"田光颂殿下仁爱之风，称殿下不世之器，说殿下高行满天下，美声盈于耳。故轲出卫都，望燕路，历险不以为苦，望远不以为遐，昼行夜宿，马不停蹄，三日而至燕都。今轲无尺寸之功，殿下礼轲以旧故之恩，接轲以新人之敬，令轲感动莫名。轲虽不才，但从今而后愿听殿下驱使，赴汤蹈火，在所不辞！"

荆轲说完，接过太子丹举过头顶的那盏酒，一饮而尽。

太子丹见此，又端起荆轲面前的第三盏酒，再次举过头顶，说道：

"大侠请饮了这第三盏。"

荆轲并不推辞，接盏在手，又是一饮而尽。

"大侠果如田光先生所言，不仅是义薄云天的伟丈夫，就连饮酒也豪爽过人，真乃当世之豪杰也！"

"田先生过奖了！"

太子丹听了荆轲这句话，本来伸出要再倒酒的手一颤，突然停住了，望着荆轲说道：

"田先生饮酒也是豪爽过人，他怎么没跟大侠一起回来啊？"

荆轲听太子丹这么一问，原本已起的酒兴立即没有了，情不自禁地低下了头，良久无语。

"大侠，田先生今无恙乎？"

"田先生与轲把酒尽欢，末了突然跟轲说起一件事。"

"什么事？"太子丹立即追问道。

"田先生说，殿下送他时，执手嘱曰：'此国事，愿勿泄之。'"

"确有此事。怎么了？"太子丹不解地问道。

"田先生以为，这是殿下不信任他。他说：'士不为人所疑。疑而生于世，羞之大也。'遂向轲吞舌而死。"

太子丹一听，大惊失色，半天说不出话来。良久，才泪如雨下，唏嘘感伤地说道：

"田先生怎么这样想呢？丹嘱其'勿泄之'，只是出于谨慎，并非怀疑其人品。丹何曾对田先生为人有过怀疑？今田先生因丹一言而自尽，丹有何面目再苟活于这个世上？有何面目再面对天下之义士？"太子丹一边说着，一边跪起欲拔腰间所悬之剑自刎。

荆轲一见，眼疾手快，隔着食案一把捏住太子丹的手腕，劝说道：

"殿下何必自寻短见！田先生已经因为误会而离世，殿下若再因此而有个闪失，荆轲何以有面目独活于这世上？况且，殿下大业未竟，如何告慰于田先生？"

没想到荆轲这情急之下的一番话，还真的打动了太子丹。良久，太子丹收住眼泪，望了望荆轲，坚定地点了点头。

荆轲见此，连忙起身抱起酒坛，反客为主，替太子丹斟起酒来。于是，二人便开始你一盏，我一盏地喝了起来。不一会儿，酒坛空了，两人也醉得不省人事了。

　　第二天，太子丹从田光吞舌而死的悲伤中清醒过来，觉得昨天对荆轲的招待不够郑重，不能最大程度地表达出自己待士的诚意，于是决定将夏扶、宋意与秦舞阳等人都邀集到一起，共同为荆轲接风洗尘。

　　日中时分，酒宴开始。太子丹虚上席以待荆轲，荆轲并不谦让，大咧咧地坐下。夏扶、宋意与秦舞阳都坐在对面末席，太子丹则坐在荆轲右边，执壶而为大家斟酒。

　　因为是太子丹宴客，并明说是为荆轲接风，所以荆轲坐上席而不谦让，大家也不便于说什么。但是，喝酒喝得酣畅，到了大家耳热脸红之时，大家的情绪渐渐就显露出来了。正好此时太子丹起而为荆轲祝贺，说的话又有些肉麻，这就让夏扶等人看不下去了。在他们心目中，荆轲只不过是一个平凡的武士，武艺并不一定比自己高。如果太子丹此时是为田光先生祝贺，他们还能服气。三人此时都是这样想着，便不约而同地相互看了看。最后，夏扶趋前，跪直身子，好像是对着荆轲说，但又好像是对着太子丹，说道：

　　"夏扶听说有这样一句话：'士无乡曲之誉，则未可言德行；马无服舆之伎，则未可论优良。'今荆卿远道而至，将何以教太子？"

　　夏扶的话，其实说得很明白。意思就是说，你荆轲何德何能，太子礼贤下士，你倒一点不客气。无有一寸之功，居上席而无愧色。既如此，你应当有什么过人之处，能对太子有所帮助啊！

　　荆轲并没喝多，即使喝多了，他也听得出夏扶话中的吃酸味道。他知道，夏扶的话无非是想刺激一下自己而已。想到此，荆轲莞尔一笑，从容说道：

　　"士有高于世人之行者，不必有誉于乡曲；马有日行千里之能者，不必有服舆之伎。昔姜太公吕尚，家道中落，衣食无着，为求温饱，为养家室，乃至商都朝歌屠牛卖肉。后又远至孟津，做过卖酒的生意。但吕尚并不妄自菲薄，自暴自弃，而是胸怀大志，勤奋好学，一边屠牛卖酒，一边刻苦钻研，探讨治国安邦之道，以期有朝一日一展平生抱负。虽然等了几十年仍不得机会，但他并不气馁。直到晚年，才等来了机会。当时，殷纣王当政，不思百姓疾苦，而是听信佞臣之言，迫害忠良，宠爱妖姬，荒淫无道，无恶不作，天下百姓怨声载道。就当东方大国殷商王朝正在走向衰落与崩溃时，西方蕞尔小国周迅速崛起。"

荆轲说到此，停下看了看太子丹，又扫了一眼夏扶等人，见其神情专注，遂喝了一口酒，又从容讲道：

"周僻处西陲荒远之地，国小民寡。但周西伯姬昌倡仁政，爱百姓，积极发展经济，厉行勤俭治国之风。西伯治国的成效迅速显现，社会呈现繁荣发展的局面，人心趋于安定，国势也日益强盛起来。对比东方大国殷纣王的荒淫无道，周边诸侯皆望风归附西伯。由此，周的崛起之势已经不可阻挡了。"

荆轲说到此，又停了一会儿，抬眼看了看燕太子丹，见他不仅神情专注，而且还不住地点头。遂又继续说了下去：

"吕尚此时虽已年届八十八岁，但仍壮心不已。获知西伯礼贤下士，重视人才，遂悄然离开殷都朝歌，隐居渭水之滨的磻溪，直钩垂钓，以观世局变化，以待西伯来聘。"

"那结果怎么样？"秦舞阳是个粗人，对于历史一窍不通，荆轲所说的事，他一点都不知道，所以急切地问道。

"有一天，也是机缘凑巧，西伯姬昌游猎而至磻溪，发现吕尚直钩垂钓，遂下车而至溪边与他攀谈。越谈越投机，越谈越觉得吕尚学识渊博，见解独到，是个奇人。于是进一步以国策相询，吕尚答以'三常'之论。"

"何谓'三常'之论？"夏扶也忍不住岔断荆轲的叙述而问道。

荆轲扫了夏扶一眼，意有不屑地答道：

"所谓'三常'之论，就是'君以举贤为常，官以任贤为常，士以敬贤为常'。也就是一句话，治国兴邦要以人才为根本。举贤、任贤、敬贤，天下英才才能为其所用。有了人才，天下何愁不治？

国家何愁不强？"

太子丹听了荆轲说出这番借题发挥的话，不禁对荆轲刮目相看，遂连连点头。

荆轲见太子丹面露欣赏之色，立即接着说道：

"西伯听了吕尚之言，大为感叹道：'昔我先君太公有言：周有圣人至，方得兴盛。以此观之，您就是我先君所言之圣人吧。我先君太公望先生久矣！'于是，亲自将垂钓于溪边的吕尚扶上自己的坐车，并亲自驾车，一起回到周都，拜为太师，号曰'太公望'。之后，吕尚先后辅佐西伯及其子周武王，灭殷商而兴周，奠定了周朝八百年江山之基础。吕尚屠牛卖酒之时，乃天下之贱丈夫也；遇周文王于磻溪，则为周之国师。千里马拉盐车，则处驽马之下；一旦遇伯乐，则有千里之功。可见，一个人在乡曲有美誉，并不意味着就是英才；一匹马会拉车，并不意味着就是良骏。"

一席话说得夏扶等人无言以对。但是，沉默了一会，夏扶还是不服气，说道：

"虽说荆卿说得不无道理，但是，夏扶还是有一句话要请教。"

"什么话？但说无妨。"荆轲豪爽而自信地说道。

"吕尚是吕尚，那是古代的传说。就眼前燕国的处境，不知荆卿以何策而教太子殿下？"

宋意、秦舞阳等人听夏扶说出这番话，都很振奋，以为夸夸其谈的荆轲一定会答不上来了。不意，夏扶话音未落，荆轲张口就来，说道：

"荆轲虽不才，但有信心使燕国复兴，令太子德比周召公，甘棠有遗爱。不敢说让太子功比三皇，但敢说让殿下追迹五霸。不知夏君以为如何？"

夏扶等人听荆轲口气如此之大，信心如此之满，一时为之语塞。太子丹冷眼旁观，不禁为之雀跃。他听荆轲对谈历史如数家珍，这才想起田光所言不虚，觉得荆轲与一般武士确实不同，是好读书而有思想的武士，不是鲁莽之夫。想到此，一丝欣慰的笑容便写在了脸上。

之后，夏扶、宋意、秦舞阳等人仍有不服，又出了一些难题，希望给荆轲难堪。可是，都被荆轲的侃侃而谈而折服。直到酒宴结束，荆轲也没有被难倒，一直神采奕奕，从容不迫，自信满满。

看着荆轲酒宴上的表现，太子丹就像吃下了一颗定心丸，对荆轲更加放心了。他相信，以荆轲如此的口才与应变能力，让他为燕王之使，在秦廷上与秦国君臣折冲樽俎，那是游刃有余的。唯有如此，燕王之使才有可能真正接近秦王，最终实现刺杀秦王的目标。否则，恐怕连见上秦王一面的机会都没有，何来刺杀秦王的可能。

酒宴罢，太子丹甚喜，自以为得荆轲，则永无秦忧。

第三天，太子丹陪荆轲在太子府内游玩。二人一边走一边说话，其乐甚是融融。但是，走到后花园的一个水池边，荆轲突然停下不走了，凝神看着水中悠游自在的乌龟，突然像个孩子似的高兴起来。

"大侠没见过乌龟吗？"太子丹看见荆轲见龟兴奋的样子，不解地问道。

荆轲没有回答，只是摇摇头。

太子丹这就更加糊涂了，正想再问他时，却见荆轲从脚边拾起一块瓦片，眯起眼睛向着一只大乌龟掷了过去。乌龟被击中，立即沉入水底。荆轲遂又拾起一块瓦片，瞄准另一只浮在水面的小乌龟投掷过去。

太子丹见荆轲对投龟如此有兴趣，又见其寻瓦片之不便，遂连忙挥手招来远远跟在后面的仆从，让他去取一盘散金过来。

不一会儿，仆从就回来了。太子丹从仆从手中接过那盘散金，悄悄走到荆轲身边。当荆轲正要弯腰去寻瓦片时，太子丹轻声说道：

"大侠，这里有。"

荆轲直起腰来一看，太子丹正托着一盘散金，不解地问道：

"殿下，您这是干什么？"

"给大侠掷龟啊！让您弯腰去拾瓦片，那多麻烦！"太子丹一边说着，一边顺手递上了一块散金。

荆轲犹豫了一下，接金在手，瞄准水面上的另一只乌龟掷去。一下，二下，三下……盘里的散金越来越少了。太子丹连忙回头暗示仆从，仆从会意，立即又回去取了一盘过来。到第二盘掷尽，太子丹再托上第三盘奉上时，荆轲一摆手说道：

"不是替太子殿下爱惜金子，而是荆轲臂痛而已。"

说完，荆轲就率先离开池边，不再投金掷龟了。太子丹连忙跟上，陪他一起向园中深处走去。

第五章　殉志

1. 樊将军来投

秦王政十七年，燕王喜二十五年（前230）九月初三，秋高气爽。一大早，太子丹就陪荆轲骑马出行。在燕都蓟城南郊，二人游猎到日中时分，已是大有收获。

满载而归的路上，荆轲与太子丹骑在马上并排而行，一边走一边聊。聊着聊着，突然迎面一匹骏马飞奔而过，一眨眼的工夫就不见了。

"这人不知是何人？他骑的这匹马一定有来历，肯定是一匹千里良驹。"望着远去的那人那马，太子丹情不自禁地脱口而出道。

"据说，千里马的肝非常美味。"

荆轲似乎说得漫不经心，太子丹却听得非常认真。

第三天，也就是九月初五，一大早，太子丹与往常一样，前往荆轲的住所问候他。陪他用完早餐，告辞而出时，太子丹回头对荆轲说了一句：

"大侠，今天不要走开，中午我请您过去喝酒，就咱们二人。"

说完神秘地一笑，走了。

荆轲觉得太子丹笑得诡秘，但也没多想什么。上午，荆轲没有出去，只在住所附近练了练功，看了一会儿花草。

"大侠，太子殿下请您过去。"午饭时间快到时，太子丹差遣的一个仆从准时来请。

平时三顿饭，都是太子丹亲自过来陪着吃，今天却郑重其事地请到太子那边吃，好像是有什么特别的安排。但是，荆轲是武人，没想那么多。于是，也没问仆从，就跟他来到了太子住所。

太子丹早就等在门口了。二人相见互相施礼后，便携手入室。

分宾主甫一坐定，酒菜就陆续摆了上来。太子丹首先给荆轲斟了一盏酒，然后自己再斟了一盏，举盏在手，说道：

"平时一直怠慢大侠，都是粗食淡饭，也没什么美味佳肴招待。所幸大侠也不嫌怠慢，多所宽容。今日，设法得一美味，所以要请大侠过来尝尝。"

说到此，太子丹对一旁侍立的仆从使了个眼色，仆从立即退出。太子丹见此，说道：

"大侠，丹先敬您一盏。"

荆轲见太子丹先喝了，遂也爽快地一仰脖子，一盏酒也进了肚里。

接着，太子丹又开始给荆轲斟第二盏酒。刚斟好，仆从领着一位厨子进来了。只见那厨子手里捧着一个木盘，上面遮盖了一层布，还热气腾腾地冒着烟。荆轲看太子丹与厨子都显得神秘兮兮的，不知葫芦里卖的是什么药，心里虽有疑问，但却冷眼旁观，并不追问。

厨子轻手轻脚地弯腰走到太子丹与荆轲共食的食案前，先慢慢地跪下，然后把盘子小心翼翼地摆放在荆轲的面前，最后才慢慢地揭去上面遮盖的一层布。这一下，荆轲终于看清楚了，不禁莞尔一笑道：

"殿下，荆轲以为这是什么神秘的食物呢，原来不就是一盘牛肝吗？难道这牛肝与一般的牛肝有什么不同吗？"

"大侠，您再仔细看看。"太子丹微笑地望着荆轲说道。

荆轲遂又低头仔细地向盘中看了看，然后以不容置疑地口气说道：

"殿下，这确实是牛肝啊！荆轲以前也吃过，并不怎么可口。"

厨子这时憋不住了，脱口而出道：

"这是千里马的活肝，是太子殿下花尽府中所有黄金搜求来的。"

荆轲一听，顿时吃惊地睁大了眼睛，望着太子丹半天也说不出一句话来。太子丹对厨子挥了挥手，厨子便起身退了出去。

看着厨子远去的背影，荆轲这才从吃惊中慢慢清醒过来。良久，望着太子丹认真地问道：

"殿下，这果真是千里马的肝吗？"

"当然是。大侠不记得了吗？那天我们出郊游猎，看到一人骑了一匹骏马飞驰而过，丹感叹其马有千里之能，大侠说千里马的肝是天下美味。所以，丹回来后就派人出去搜求千里马，侥幸重金购回。今日早上送到，上午活杀后取肝，蒸熟奉上。"

荆轲一听，立即感动得热泪盈眶。良久，起身绕席，伏地向太子丹称谢道：

"殿下待轲恩义如此，轲纵然粉身碎骨，也难报得殿下之恩于万一。"

太子丹一见，连忙起身扶起荆轲。二人礼让了好一会儿，这才重新坐回席上。

"大侠，快趁热吃！"太子丹热情地劝着。

荆轲望了望太子丹，小心翼翼地从盘中掰了一块送到嘴里，还没来得及细嚼品味就吞了下去。然后，一个劲儿地夸说：

"美味，美味，天下美味！"

太子丹看了，不禁莞尔一笑，道：

"大侠，要蘸着酱吃，才是美味。"

于是，宾主相视一笑，举起酒盏一饮而尽。

喝了大约有一个时辰，马肝已吃尽，一坛酒也快喝空。就在这时，太傅鞠武急急进来。

太子丹见他匆匆忙忙，似乎有什么急事的样子，便急切地问道：

"太傅有什么急事吗？"

鞠武见荆轲居上席巍然端坐，犹豫了一下。太子丹心知其意，立即说道：

"丹与大侠每日同案而食，同席而眠，情同手足，彼此没有什么秘密。太傅有什么话，但说无妨。"

鞠武见太子丹这样说，遂开口说道：

"刚才府前来了一位神秘的客人，想求见太子殿下。门者问他是什么人，他执意不肯说。武到府前相探，开始他也不肯说，后来知武乃太子太傅，这才肯透露了点消息，说他是秦国大将，名叫樊於期，因为得罪了秦王，所以潜逃在外多年。今听说太子礼贤下士，招求天下侠士，故相投。"

"樊於期？丹在秦国多年，未曾听说有一个叫樊於期的大将啊！"太子丹颇感困惑。

"秦国的将军成百上千，武不可能都知道，但秦国有名的大将，还是能数得出来的。所以，武进一步试探。最后，他附耳对武说，他其实是叫桓齮。"

"桓齮？"太子丹一听，差点从席上跳了起来。

"太子殿下知道他吗？"鞠武看太子丹的反应如此强烈，遂好奇地问道。

"何止是知道，丹还与他一起喝过酒呢！"

"那殿下对他的情况很了解喽？"鞠武进一步追问道。

太子丹看了看太傅鞠武，又看了看荆轲，然后从容说道：

"秦王嬴政六年，韩、赵、魏、卫、楚五国联合进攻秦国，攻占了寿陵邑。秦国出兵后，五国停止了进攻。但是，秦国却乘机攻下了卫国，逼近东郡。卫君角率宗族迁居到野王，凭借山势险阻，保住了卫国河内。嬴政七年，秦相吕不韦认为五国伐秦，主谋是赵。遂派大将蒙骜与张唐督兵五万伐赵。兵出三日后，吕不韦又令长安君成蟜与桓齮率兵五万为后援。蒙骜兵出函谷关后，前军取道上党，径直进攻庆都。而长安君所率五万之师，则驻扎于屯留。"

荆轲那时因为以剑术而说卫君不听，负气离开了卫国，所以不知后来发生的事情。听太子丹说到五国伐秦后的事情，产生了兴趣，遂连忙追问道：

"那赵国怎么应付？"

太子丹见荆轲对这段历史也有兴趣，遂连忙接着往下说道：

"赵王闻听秦国大兵来犯，立即遣庞煖为大将，扈辄为副将，率兵十万迎击秦兵。由于秦兵人少，尧山一仗，秦师未能取胜。蒙骜遂派张唐督兵到屯留催取长安君成蟜与桓齮率领的五万后援。当时，成蟜年方十七岁，对军旅之事并不熟悉，遂召桓齮密议。桓齮对蒙骜与张唐等人对长安君颐指气使而心有不平，加之他早就听闻吕不韦纳妾盗国之事，更是义愤填膺。于是，便乘机向长安君进言道：'今秦王非先王之骨肉，唯君乃嫡子。'又说吕不韦此次出兵，目标不是赵国，而是想借机除掉长安君，以绝后患。长安君问他，当前情势如何处置。"

"桓齮怎么说？"荆轲又急切地问道。

"桓齮献计说：'今蒙骜兵困于赵，急未能归，而君手握重兵，若传檄以宣淫人之罪，明宫闱之诈，臣民谁不愿奉嫡嗣者。'长安君一听，觉得有理。心想，此乃天赐良机，何不放手一搏？如果成功，秦国便是自己的了。于是，长安君成蟜就采纳了桓齮的计谋，让桓齮对前来催兵的使者张唐说，大军不日就将移营驰援。"

"结果怎么样？"鞠武对这一段的内幕不甚清楚，只有当时身在秦都咸阳的太子丹最清楚了，所以当太子丹说到长安君谋反的事，他也来了兴趣，急忙追问道。

"桓齮在使者张唐走后不仅没立即率兵往庆都驰援蒙骜，反而替长安君草拟了一篇讨伐吕不韦的檄文。结果，蒙骜所率之师孤立无援，最后蒙骜自己也战死于庆都。"

"那后来呢？"荆轲也追问道。

太子丹看了看荆轲，又望了望鞠武，继续说道：

"有关吕不韦进纳之事，秦国很多人早就有所耳闻。等到长安君的檄文四下传布，大家见到檄文中有怀妊奸生等语时，就更加确信实有其事。虽然很多秦国将领因为畏惧吕不韦的权势而不敢立即起兵响应长安君，但对朝廷未来的走势都持观望态度。张唐见长安君谋反已成事实，遂策马飞奔，星夜赶往咸阳告变。秦王闻报大怒，乃与吕不韦计议，派大将王翦率十万大兵往屯留征讨长安君成蟜。最终，长安君投降了赵国，手下的军官大多被秦王诛杀。"

"那主谋桓齮怎么逃过的呢？"荆轲不解地问道。

"桓齮为谋反的主谋，当时我在咸阳时倒没听说过。只是前年听说他战败潜逃了，才陆续有人揭出他的老底。"

"那桓齮真算是幸运。"鞠武感叹道。

太子丹看了看鞠武，说道：

"何止是幸运！秦王嬴政十年，吕不韦和嫪毐失势后，桓齮还被秦王提拔为大将军，齐国与赵国派来使臣摆酒祝贺。嬴政十一年，秦王令王翦为主将、桓齮为副将、杨端为末将，三军并为一军，攻打赵国邺邑。虽然夺取了九座城邑，但未攻下邺邑。后来，还是桓齮攻下了邺城。王翦又派他攻打栎阳，也攻下了。从此，桓齮便成了常胜将军，声势如日中天。嬴政十三年，秦王又派桓齮率兵伐赵，攻打赵之平阳邑。结果，杀赵将扈辄，斩赵师之首十万。但是，嬴政十四年，他再次伐赵时，却被赵将李牧打败。"

"殿下刚才说桓齮是秦国的常胜将军，怎么会被赵将李牧打败呢？"荆轲不解地问道。

太子丹看了看荆轲，顿了顿，又接着说道：

"桓齮杀扈辄，斩赵师十万之后，自以为天下无敌，遂萌生了骄傲情绪。平阳战役结束不久，也就是秦王嬴政十四年初，桓齮未请示秦王，就擅自率兵东出上党，越太行山自北路深入赵国后方，攻占了赤丽、宜安，然后兵指赵都邯郸。赵王见情势危急，星夜遣将奔赴代地雁门郡，调回老将李牧，并加封其为大将军，令其率所部南下，指挥全部赵军反击秦师。"

对于这次战争，鞠武与荆轲虽然都听说过，但不清楚具体细节。唯有太子丹掌握密报，知道详情。于是，二人便不约而同地问道：

"结果怎么样？"

"李牧率雁门边关守军主力与赵王从邯郸派出的军队会合后，在宜安附近与桓齮所率十万秦师相遇，双方形成对峙态势。李牧是赵国名将，也是身经百战的老将。他认为，秦师在连续获胜的情况下，士气可用，在心理上占有优势。如果赵师现在仓促迎战，胜算不大。于是，就采取了坚垒固守的战略，让士兵挖沟筑垒，拒不应战，以避敌锐气，俟其斗志消磨殆尽时，再伺机反攻。"

"桓齮是常胜将军，难道就不能识破李牧的计谋吗？"荆轲问道。

"当然识得破。桓齮一看李牧的阵势，就知道他这是在学昔日赵国老将廉颇以坚垒而拒秦将王龁的老招。于是，就率主力佯攻肥下，诱使赵师出兵救援，然后在赵师移动中歼灭之。李牧知其用意，所以当秦师抵肥下，赵将赵葱请求李牧发兵驰援时，李牧不为所动。相反，李牧却趁秦师主力外移，大营空虚之机，一举袭占了其后方阵地，不仅歼灭了其留守兵力，而且缴获了其全部辎重。"

"那桓齮怎么办？"荆轲紧张地问道。

"桓齮闻讯，立即回师。但是，李牧早就预料到，并布好了局。他将赵师主力隐藏于两翼，小股军队置于正面。当秦军主力与这小股赵军相遇时，赵国两翼主力立即形成合围之势。结果，赵师以逸待劳，一举歼灭了十万秦师。桓齮只率少数亲随突围而出。此次战役不仅使赵国获得了喘息的机会，也打破了秦军不可战胜的神话，在秦国将领心里投下了阴影。正因为如此，桓齮知道问题的严重性，徘徊彷徨而不敢回到秦国。最终只得选择潜逃，而不知所终。"

"那今天他怎么会出现在燕国太子府了呢？"荆轲不解地问道。

"这个，丹就不清楚了。"太子丹摇了摇头，一脸茫然地说道。

"武可以回答。"

"那太傅赶快说说看。"太子丹与荆轲几乎异口同声地催促道。

"刚才在府前，樊将军已经略有透露，说秦王听说他战败，非常震怒。战败后，他虽犹豫过是否回到秦国，但一听说秦王震怒，只能选择潜逃不归了。可是，秦王知道后，却将他的父母并全宗族的人统统杀害，并且悬赏捉拿他。于是，他只得化名樊於期，在山东五国间流浪。他之所以不敢公开投靠山东五国之君，就是考虑大家不敢得罪秦王。所以，这才犹豫着选择投靠太子殿下。"

"既然是这样有名的秦国大将，而且是自己投到太子门下，何不网罗？"荆轲脱口而出。

鞠武听荆轲这样说，几乎也是脱口而出道：

"太子殿下，这个千万使不得。"

"为什么？"太子丹问道。

"樊於期，不是别人，他就是秦王恨得牙痒的败将、叛将桓齮啊！殿下若是收留他，岂不是得罪秦王，惹火烧身吗？"

"太傅说的确实有道理，但是，桓齮是丹的故人，有难相投，丹岂能拒人于门外呢？再说，即使与桓齮素昧平生，他信任丹，丹也不能不讲义气而不伸手拉他一把啊！"

见太子丹说得振振有词，慷慨激昂，鞠武急了。可是，一急，反而说不出话了。

太子丹见此，连忙起身，要到府前迎接樊将军。

鞠武看太子丹已经被"义气"二字迷了心窍，失去了理智。遂情急之下，双膝跪地，向前一把拉住太子丹的衣裾，说道：

"殿下，请让鞠武把话说完。"

太子丹见自己的老师如此，只得停下来，扶起鞠武，说道：

"太傅，您有话就说吧。不能让樊将军在府前等候太久，那样不合待贤之道。"

"武以为，殿下往府前迎接樊将军没有问题，招待他喝盏酒也没问题。只要谨慎而不露出风声，相信秦王也不会知道。但是，与他见过之后，希望殿下急遣其往匈奴以灭口。然后，西约三晋，南联齐、楚，北讲和于单于，则燕无忧矣。若殿下必以义气为重，结一人之交，而不顾国家之大害，则是行危而求安，造祸而求福，此所谓'资怨而助祸'也。望殿下三思！"

太子丹听了鞠武的一番陈说，犹豫了一下。但是，当他抬眼望了一眼荆轲后，仿佛从他的眼中看到了什么，遂径直到府前迎接樊於期，并将之待为上宾。

2. 华阳台之宴

太子丹拒绝了太傅鞠武的谏议，执意收留了秦国叛将樊於期（桓齮）之后，鞠武对燕国的前途更加悲观了。不过，尽管太子丹一意孤行，重用荆轲等武士，不听劝谏，但是鞠武仍没有抛弃太子丹、抛弃燕国的想法，而是每日通过各种渠道搜集情报，了解秦国的一举一动。可惜，太子丹不能体会到这位老臣爱国的苦心。

就在鞠武日夜为燕国的前途忧心忡忡之时，太子丹却天天侍候着荆轲以及夏扶、宋意、秦舞阳等人吃喝游乐。对于樊於期，也是厚赏厚遇有余。

秦王嬴政十八年，燕王喜二十六年（前229）八月初八，太子丹在华阳之台宴请宾客，除了樊於期和荆轲两位首席嘉宾外，还有他所养的死士夏扶、宋意、秦舞阳，以及荆轲的朋友、击筑高手高渐离。

午时刚到，宴席就已经摆好，太子府的乐队也早已分两列侍立台下。因为今天是太子丹十日一次的大宴，所以就显得格外隆重。

当受邀嘉宾陆续拾级登台时，乐队开始演奏起欢快的迎宾曲：

呦呦鹿鸣，食野之苹。
我有嘉宾，鼓瑟吹笙。
吹笙鼓簧，承筐是将。
人之好我，示我周行。

呦呦鹿鸣，食野之蒿。
我有嘉宾，德音孔昭。
视民不恌，君子是则是效。
我有旨酒，嘉宾式燕以敖。

呦呦鹿鸣，食野之芩。
我有嘉宾，鼓瑟鼓琴。
鼓瑟鼓琴，和乐且湛。
我有旨酒，以燕乐嘉宾之心。

时当仲秋，天高气爽，华阳台周围的丹桂正是飘香之时。伴随着习习秋风，一阵阵清香不时送到华阳台上，直沁人心脾。太子丹喜逐颜开，热情招呼着每一位嘉宾入席。

荆轲还是一如既往，毫不谦让地居上席坐下。樊於期则坐于荆轲之左，太子丹坐于荆轲之右。荆轲俨然就是全场最尊贵的人物。太子府中的宴集随时都有可能举行，大家经常聚会，看惯了这种排场，也了解荆轲的做派，所以大家都习以为常，并不觉得他有僭越或是不妥。

待大家都已坐定，太子丹亲自执壶，从荆轲开始，长跽膝行，依次给大家斟酒。然后举盏，一一敬劝，礼数非常周致。

酒过三巡，大家都已耳热面赤。这时，太子丹对台下一招手，立即有两个眉清目秀的仆从"噔"、"噔"、"噔"拾级上台，一前一后，动作非常协调地抬着一架古琴放到了嘉宾席前。

酒席是由两排食案相对组成。太子丹与荆轲等人所坐的那排，是华阳台坐北朝南的位置；夏扶等人所坐的那排，则正好是与太子丹等相向的坐南朝北的位置。古琴所摆放的位置正好打横，在两排食案的左侧，也就是华阳台的西侧位置。坐在这个位置面向两排嘉宾弹琴，既能让每一位嘉宾都能侧身看到弹琴人的一举一动、一颦一笑，又能借助西风将琴声更好地传到每一位嘉宾的耳中。

琴刚摆好，就见上来一位婷婷袅袅的女子，一袭白色的长裙，伴随着一阵香气，飘飘欲仙地从客人面前飘过。当她在琴前坐定时，大家终于看清了她的面目。只见她发似泼漆，云鬟峨峨；眉似两弯新月，又如初春柳枝上新抽出的两片叶牙；明眸忽闪，恰似两汪清澈见底的甘泉，波光粼粼；鼻直唇红，齿如瓠犀，颈似蝤蛴，肩若削成，腰如束素。身材修短合度，肤色犹如凝脂。

正当大家都看得如痴如醉的时候，太子丹向她点了点头。只见她嫣然一笑，两颊立见一对浅浅的酒窝。接着，抬臂挥袖，举皓腕，出素手，轻抚琴弦，启朱唇，缦声唱道：

南有乔木，不可休思。
汉有游女，不可求思。
汉之广矣，不可泳思。
江之永矣，不可方思。

翘翘错薪，言刈其楚。
之子于归，言秣其马。
汉之广矣，不可泳思。
江之永矣，不可方思。

翘翘错薪，言刈其蒌。

之子于归，言秣其驹。

汉之广矣，不可泳思。

江之永矣，不可方思。

眼前的美人抚琴唱出的这首曲子，大家都耳熟能详。它是描写一个青年男子路遇一位女子而情思难遏的故事。这女子美丽动人，是他钟情已久的对象。但是，他只是一个连温饱都没有着落的樵夫，而她则是一位即将被人迎娶的嫁娘。看着自己心爱的女人从自己面前飘然而去，想着这辈子永远与这位姑娘无缘，男子不禁悲从中来，惆怅失落之情犹如眼前浩渺无际、滚滚东去的江水，于是放歌一曲，将自己满腹的愁绪尽情宣泄而出。

这首民歌虽是抒发失恋男子的无限哀愁，但往往都是由女子演唱，诸侯各国的青楼酒馆都能听到。虽是一首烂熟的流行之曲，大家行走江湖，不知听过多少遍，但是今天由太子丹的这位美人抚弦缦声唱出，人人都觉得韵味无穷，击节叹赏。到底是因为歌唱得好，还是琴弹得好，抑或是人长得好，让人欲说已忘言。

正当大家如醉如痴之时，太子丹向那女子招了招手。女子连忙提裾起立，小步快趋地来到太子丹席前跪下。太子丹指了指面前的酒壶，对她说道：

"快给诸位嘉宾斟酒。"

女子于是抬袖露出白如柔荑的一双小手，执壶长跽膝行。按照太子丹指定的顺序，女子首先来到荆轲面前，恭恭敬敬地给他斟了一盏酒，然后小心翼翼地端起，慢慢地举过头顶，送到荆轲面前。

荆轲并没有立即接盏饮酒，而是痴痴地看着女子端着酒盏的那双白嫩细巧的小手。太子丹从旁看见，遂轻声提醒道：

"大侠，请饮酒。"

荆轲听到太子丹的声音，侧身看了一下太子丹，然后眼睛仍然紧盯着女子的那双手，脱口而出道：

"好手琴！"

然后，才接盏饮酒。

太子丹一听，以为荆轲是说女子一双好手弹得一曲好琴。于是，待她执壶给所有嘉宾斟完一轮酒后，又让她重回琴前，再抚琴而歌一曲：

蒹葭苍苍，白露为霜。

所谓伊人，在水一方。

溯洄从之，道阻且长。

溯游从之，宛在水中央。

蒹葭凄凄，白露未晞。

所谓伊人，在水之湄。

溯洄从之，道阻且跻。

溯游从之，宛在水中坻。

蒹葭采采，白露未已。

所谓伊人，在水之涘。

溯洄从之，道阻且右。

溯游从之，宛在水中沚。

这是一首秦国的民歌。太子丹在秦国为人质而郁闷时，最爱听这首情歌。它写一位男子痴情爱着一位女子的故事，将晚秋"蒹葭苍苍"的景色与主人公思念情人意乱情迷的幻觉交织在一起，以朦胧的意象生动地再现了主人公对女子情真意切的深情，让人十分感动。虽说它是一首秦国民歌，但却流播于诸侯各国，是大小青楼酒馆歌女必唱的保留歌曲。在座的除了太子丹，虽说都是武夫，但毕竟都是男人。面对太子丹的这位如花似玉的美人，看她那深情地演奏，即使听不懂其中的歌词，也能从曲调中感受到那种凄切缠绵的情韵，酒不醉人人自醉。

荆轲是否从中听出了这种韵味，不得而知。但是，女子抚琴而歌时，他是一直专注地看着她抚琴时勾、剔、抹、挑等每一个动作，看得如醉如痴。太子丹以为荆轲真的懂琴，沉醉于琴声的旋律之中。于是，待一曲终了，立即让那弹琴的女子将琴送上。可是，当那女子捧琴跪于前时，荆轲却良久没有伸手去接琴，而是直勾勾地看着她的手。

太子丹见此，立即明白荆轲之意，原来他不是喜欢女子所弹的琴，而是女子本人。于是，令她放下古琴，将她一把送入荆轲的怀中。

在座诸位嘉宾一见，不禁大吃一惊，太子竟然将自己心爱的美人就这样送给荆轲了？

正当大家惊讶得张大嘴巴时，荆轲却轻轻推开那美人，漫不经心似地对太子丹说道：

"只爱其手而已。"

太子丹一听，不禁一愣，其他宾客也为之一愣，原来荆轲有恋手癖。

太子丹犹豫了一下，然后对台下招了一下手，立即上来一个亲随。太子丹叫过那亲随，对他附耳说了一句后，他就带着太子丹的美人下台了。

众人不解，不知道太子丹接下来要怎样奉承荆轲。于是，都静待事态发展，目送着那美人走下华阳台，无心再饮酒。

大约过了烙十张大饼的工夫，一个仆从手托一个玉盘，上面盖了一层红色的绸布，从华阳台下拾级而上。然后，小心翼翼地将玉盘托到太子丹面前，跪下禀道：

"殿下，您要的东西在这，请过目！"

太子丹摆摆手，说道：

"还是请大侠过目吧。"

仆从遂长跽膝行到荆轲面前，将玉盘双手举过头顶，请他过目。

就在荆轲伸手要揭开红绸布，去看盘中之物时，除了太子丹，几乎所有在场宾客都情不自禁地长跽而起，秦舞阳甚至还站了起来。当荆轲终于揭开那覆盘的红绸布时，大家不禁惊呆了，原来那是太子丹美人的一双手啊！

荆轲看了一眼，重新盖上红绸布，挥了挥手，让仆从拿了下去。然后，端起面前的酒盏，一饮而尽，丝毫看不出他的表情是喜还是悲。

秦舞阳等人看了，不禁跌坐在席上，久久回不过神来。

太子丹见大家如此神情，一仰脖子，将面前的那盏酒一饮而尽。良久，看看荆轲，看看樊於期，又扫视了一下对面的夏扶等人，稳了稳情绪，开口说道：

"诸位怎么不喝？莫非今天酒不好？"

说着，太子丹对台下一招手，道：

"来一坛秦国烧。"

话音刚落，台下就有一个仆从抱着一大坛秦国烧上来了。

等仆从开坛将酒倒入一个铜酒壶后，太子丹亲自上前，执壶在手，从荆轲开始，依次给大家斟酒。然后，自己也斟了一盏，端起来，说道：

"今日华阳台与诸位相聚，务须尽欢。来来来，干了！"

太子丹说完，自己先一仰脖子喝干了。他这是有意要打破沉闷，消除大家心中的阴影，在纵酒中忘却刚才美人之手的事。大家虽遵命喝干了自己盏中的酒，但喝酒的气氛仍然没有调动起来。

见此，太子丹突然灵机一动，一边对着台下一招手，招来一个仆从给大家斟酒，一边径直坐到刚才美人弹过的那张琴前，抚琴唱道：

既醉以酒，既饱以德。
君子万年，介尔景福。

既醉以酒，尔殽既将。
君子万年，介尔昭明。

昭明有融，高朗令终。
令终有俶，公尸嘉告。

其告维何？笾豆静嘉。
朋友攸摄，摄以威仪。

威仪孔时，君子有孝子。
孝子不匮，永锡尔类。

其类维何？室家之壶。
君子万年，永锡祚胤。

其胤维何？天被尔禄。
君子万年，景命有仆。

其仆维何？厘尔女士。
厘尔女士，从以孙子。

太子丹的琴声与吟唱，一下子调动起大家的兴趣。他们从未想到，太子丹竟有如此才艺。惊喜之余，又听太子丹所唱的歌词是给大家祝福的，更是为之感动。于是，刚才玉盘盛手的阴影顿时一扫而尽，酒兴顿起。

太子丹见此，心里的疙瘩慢慢解开。一曲既终，又弹了一曲抒写遇人之乐的"唐风"：

扬之水，白石凿凿。
素衣朱襮，从子于沃。
既见君子，云何不乐？

扬之水，白石皓皓。
素衣朱绣，从子于鹄。
既见君子，云何其忧？

扬之水，白石粼粼。
我闻有命，不敢以告人。

太子丹一曲未竟，一直不露声色的荆轲突然长跽而起，高声说道：

"殿下说得好：'既见君子，云何不乐？既见君子，云何其忧？'来来来，喝！"

说着，一仰脖子，就将满满一盏酒一饮而尽。然后，以迅雷不及掩耳之势从席上一跃而起，并顺手从腰间抽出长剑，伴着太子丹琴声的节奏，在华阳台上舞了起来。

樊於期一见荆轲舞剑，遂也兴之所至，从席上一跃而起，抽剑与荆轲对舞，形成格斗之势。太子丹一见，立即换了一首"秦风"的曲子：

岂曰无衣？与子同袍。
王于兴师，修我戈矛。与子同仇。

130

岂曰无衣？与子同泽。

王于兴师，修我矛戟。与子偕作。

岂曰无衣？与子同裳。

王于兴师，修我甲兵。与子偕行。

高渐离见此，立即抱筑而起，击筑与太子丹同奏。一时间，华阳台上琴筑同奏，长剑上下翻飞，叮当作响。

琴筑同奏结束，荆轲与樊於期的长剑格斗也戛然而止。大家重又回到食案前，大盏喝酒。最后，全部醉倒在华阳台上。

3. 李牧之死

华阳台之宴的第二天，日暮时分，太子丹正与樊於期饮酒闲聊，太傅鞠武突然急急赶到太子府。

太子丹一见，连忙问道：

"太傅，这些天您去哪儿了？昨日华阳台之宴，我遣人往太傅府中召请，府中门者说您出去好多天了。今天这么晚了，您怎么突然出现了？"

"太子殿下，大事不好了。"

"到底出了什么事？"太子丹觉得奇怪，鞠武不回答自己的问题，反而没头没脑地说这样的话，遂连忙问道。

"李牧死了。"

"李牧？"太子丹一时没反应过来。

"就是赵国大将军李牧。"鞠武加重语气道。

"是老病而死的吗？"樊於期急切地问道。

"不是。"鞠武断然回答道。

"那是怎么死的？快说啊！"太子丹也急了。

鞠武见太子丹真的急了，遂连忙说道：

"赵国这些年来由于一直与秦国开战，国力已经日益削弱。今年七月，赵国北部代地发生了地震，其他地方又出现了大面积饥荒。秦王见有机可乘，遂派大将王翦率秦军主力直下井陉，又让杨端和率河内之兵增援。两路大军合计有几十万人，将赵都邯郸围了个水泄不通。"

"这事我怎么不知道？"太子丹奇怪地问道。

"这是上个月的事。赵国年年与秦国作战，燕赵之间的人员往来很少，怎么可能有人了解得那么详细呢？武因一直得不到赵秦作战的确切情报，所以特意跑了一趟。"

"哦，原来是这样。那秦军围邯郸，情况如何？"太子丹又问道。

"赵王见秦军此次来势汹汹，大有一口要把赵国吞掉的意味，遂派李牧为大将军，司马尚为副将，倾全国之兵马，以迎击王翦与杨端和所率之秦师。"

"既然赵王任李牧为主将，那邯郸之围就不会有什么危险。在下虽然是李牧的手下败将，不敢言勇，但自以为智勇都不在王翦与杨端和之下。李牧既然能让末将身败名裂，归秦无门，自然不会让王翦与杨端和讨到什么便宜吧。"樊於期坦然地说道。

"将军说得太对了。王翦一听赵王派李牧为主将，立即畏缩不前。乃遣人往咸阳，禀告秦王。秦王乃派人深入邯郸，行反间之计。"

"如何用反间之计？赵王就识不破吗？"太子丹急忙问道。

鞠武见太子丹如此急切的样子，故意停了一下，然后才从容说道：

"秦王派出的细作混进邯郸后，用重金收买了郭开。"

"郭开？"太子丹没听说过这个人。

"就是赵王迁的近臣郭开。他以前曾诬陷过大将军廉颇，迫使老将军无奈离开赵国，投奔了魏国。"

"唉，赵王怎么这么糊涂呢？"樊於期也急得叹气了。

鞠武看了看樊於期，又望了望太子丹，继续说道：

"郭开得秦王细作重金后，在邯郸市井到处散播流言蜚语，说李牧与司马尚有异心，跟秦军勾结，企图取赵王而代之。待到谣言甚嚣尘上之时，再以市井流播的谣言为依据向赵王迁进谗言。赵王信以为真，立即委任赵国宗室赵葱为主将，以从齐国投奔过来的颜聚为副将，取李牧和司马尚而代之。"

"那李牧和司马尚就咽得下这口气？"樊於期问道。

"李牧是对赵国有奇功的老将，向来很有个性。当接到赵王命令，要赵葱与颜聚来取代自己与司马尚兵权时，李牧为了赵国社稷与邯郸军民的安全，坚持'将在外，君命有所不受'的原则，拒绝交出兵符。"

"这很好啊，那赵王还有什么办法呢？"太子丹脱口而出道。

"最后，赵王听从郭开之计，暗设圈套，诱捕了李牧，并将之斩杀。"

"那么，现在邯郸的情况怎么样？"太子丹急切地问道。

"不清楚。武听到李牧的死讯后，立即飞马回来向殿下禀报。"

"唉，赵王这是自毁长城啊！赵国没了李牧，邯郸城的城墙就是铁打的，也没有用。就算秦国不兵困邯郸，赵国没有了李牧，也守不住北部的雁门关，阻挡不了匈奴人的南进。就算赵王再修千里长城，也比不上李牧这座长城。"樊於期不胜唏嘘地感叹道。

鞠武原来不主张太子丹收留樊於期，但是听了他对李牧如此一番的评价，觉得他是正人君子，是与李牧惺惺相惜的真英雄。于是，情不自禁地点了点头。

太子丹望了望鞠武，又看了看樊於期，顿了顿，问道：

"将军，您为什么说李牧比千里长城更重要呢？"

"殿下应该知道，赵国原来西有魏国，南有齐国，东有燕国，但都不足以构成其患。只有北面的匈奴，才是其真正的心腹大患。在赵武灵王之前，赵国受到的主要威胁就是匈奴。赵武灵王推行'胡服骑射'的军事改革之后，军事实力大增，在屡败匈奴等北方胡人部落后，北方边境才渐渐安定。但是，到了赵惠文王与赵孝成王时，随着匈奴军事力量的逐渐恢复，赵国北部边境重又陷入不得安宁的境况。"

"那赵国是怎么解决的呢？"太子丹问道。

"面对匈奴日益猖獗的骚扰，赵惠文王委李牧以重任，让他率兵专守赵国北部边境，抵御匈奴的南侵。赵孝成王时，李牧仍为赵国镇守北部边境，驻兵代地雁门郡。"

"那效果如何呢？"太子丹又急切地问道。

樊於期望了望太子丹，继续说道：

"赵武灵王时代，赵国虽在北部边境修筑了长城，但没能有效地抵挡住匈奴的入侵，边境地区人口被掳，财物被抢，仍是常事。而自从李牧驻守雁门之后，虽然不修长城，但边境地区却安宁了，生产也发展了，人民也安居了。"

"听赵国人说，李牧当年戍守雁门，是赵王给了他特殊政策，是吧。"鞠武插话道。

樊於期点点头，说道：

"确有此事。李牧不仅是杰出的军事家，也是一个有头脑的战略家。在抵御匈奴入侵的战争中，他敏锐地意识到，对付游牧民族的匈奴，必须制定一套有针对性的策略。于是，他请求赵王放权，让他自己有权根据戍边实际需要设置官吏，并且将本地的田赋划归帅府，以支应军用。获得赵王同意后，李牧又在分析了敌我双方特点的基础上，实施了一系列军事经济改革措施。"

"具体说来，有哪些措施呢？"太子丹听樊於期说得凿凿有据，遂兴味渐浓地问道。

"李牧不像他的前辈将领那样，让士兵加高加固城墙，而是将边境的烽火台予以完善，并派精兵强将守卫。同时，增加远程侦察工作，对匈奴军队的动静及早预警。"

"这样做确实是有眼光。"太子丹情不自禁地赞道。

"边境生活艰苦，为了稳定军心，鼓舞士气，提升军队的战斗力，李牧采取了一系列有效措施。在平日训练中，他严格要求士卒，让他们刻苦练习骑马射箭之术；在日常生活中，他重视密切官兵关系，厚遇士卒，每日宰杀几头牛犒赏他们，使他们心生感激，愿为国家效力。"

"这就是带兵者所常用的'恩威并施'的策略吧。"太子丹道。

樊於期点点头，看了看太子丹，又望了望鞠武，继续说道：

"匈奴人生性彪悍，军队都是骑兵，擅长机动作战，所以战斗力很强。但是，他们作战的目标不是占领土地，而是抢掠财物。针对匈奴人的这种特点，李牧采用坚壁清野、示弱于敌的策略，一旦匈奴骑兵入境，烽火台烽烟升起，就命令士卒收拾物资退入城堡，坚守不战。匈奴人求战不得，抢物不成，只得空手而归。结果，几年下来，匈奴人一无所获，而李牧的军队既无人员损耗，也无财物损失。"

"将军对李牧的战术怎么如此熟悉？"鞠武忍不住问道。

"赵国是秦国的劲敌，而李牧则是秦国将领的克星，所以我们都研究过他的战略与战术。不过，末将最终还是败在李牧这一战术之下。"樊於期不无感慨地说道。

太子丹见鞠武的问话触到了樊於期的痛处，遂连忙将话题拉回来：

"李牧的这种战术对付匈奴人真是有效。如此敌进我退，虽不能让匈奴人损兵折将，但也能将匈奴人拖垮。"

"太子殿下真是目光如炬！其实，李牧的用意正是如此。不过，匈奴人却以为李牧是胆怯，赵国士卒也这样认为。最后，李牧畏敌怯战的名声传到了邯郸，赵孝成王乃遣使责备李牧，并要他主动出击，以挫匈奴人的嚣张气焰。可是，李牧对赵王使者的责备并不为意，但也不解释原因，仍然我行我素，以老办法对付匈奴兵。"

"那赵王怎么样？"太子丹兴味更浓了。

"赵孝成王不满李牧消极防守的做法，认为他胆怯畏战，灭了赵国的威风，遂将他从雁门召回，另遣将领取而代之。"

"结果怎么样？"鞠武对于李牧早年的事情并不了解，遂也兴味盎然地追问道。

"新将领到任后，秉承赵孝成王之意，只要匈奴兵一入境，就命赵国军队全线出击。结果，每次都损兵折将，财物也损失巨大。不仅边境不得安宁，而且边民无法耕种与放牧，经济也一落千丈。"

"那怎么办？"太子丹与鞠武几乎异口同声地问道。

"赵孝成王不得不面对现实，只得再请李牧官复原职。但是，李牧却托病不出。赵孝成王无奈，只得以国家危难为由强令其出山。李牧见无可回避，遂与赵孝成王约定：'王必用臣，臣如前，乃敢奉令。'赵孝成王只得答应其条件。李牧重新回到雁门关前线后，坚持原来的策略。几年下来，匈奴人虽多次入侵，但都一无所获。李牧向匈奴示弱示怯多年，匈奴人早就认定他是胆怯畏战。悼襄王元年，李牧觉得时机已经成熟了，士卒与战马经过多年训练也已经到火候了，遂精选战车一千三百辆，战马一万三千匹，优秀射击手十万名，骁勇善战将士五万名，然后对这些兵、马、车予以统合编队，进行多兵种联合作战训练。一切准备就绪后，李牧令边民漫山遍野放牧，以引诱匈奴人前来抢夺牲畜、掳夺人口。"

"匈奴人上当了吗？"太子丹急切地问道。

"果然匈奴军队见猎心喜，一小股匈奴兵想都没想，就直接扑了过来。李牧为了引诱匈奴大军入境，故意派出小股军队迎击，并佯败溃逃，丢下数千边民与牛羊，让匈奴兵掳获而去。多少年来，匈奴都一无所获，此次突然有如此的收获，匈奴单于大为高兴，想都没想，就倾起十万大兵，直扑雁门关而去。"

“李牧怎么迎击呢？”太子丹急切地问道。

“匈奴单于率兵刚一出动，李牧派出的侦察兵就已掌握了情况，立即通报烽火台。李牧见烽火台狼烟升起，立即在预定的路线上埋伏好奇兵。等到匈奴大军入境后，为消耗其实力，李牧先以战车队阵正面阻击匈奴骑兵，阻滞其行动速度；然后，又以步兵战阵居中阻击，以弓弩手轮番远程射杀。等到匈奴军队进攻受挫后，这才调出埋伏在阵地侧后的骑兵与精锐步兵，从两翼包抄过来，形成钳形攻势，将匈奴军队严严实实地包围在中间，兵、车、马协同进攻。训练多年，一直得不到杀敌机会的赵军将士以一当十，犹如猛虎扑食般，在自己熟悉的地形上对十万匈奴兵进行分割追杀。最后，除匈奴单于带着少数亲随突围而逃外，十万匈奴骑兵都葬送在雁门关前。”

“李牧真乃战神也！”太子丹脱口而出。

樊於期点点头，接着说道：

“匈奴是马背上的民族，相对于我们这些农耕民族，他们的骑战无论是在机动性方面，还是彪悍程度上，都比我们的步战要优越很多。但是，李牧将步战与车战结合，创造了步车联合的大兵团战胜骑兵大兵团的神话，实在是一个创举！”

“那么，之后呢？”鞠武对李牧这段历史也不了解，遂又好奇地追问道。

“雁门关大捷后，李牧率得胜之师，一鼓作气，不仅趁势收拾了赵国北部的匈奴属国，还灭了襜褴，破了东胡，收降了林胡，迫使匈奴单于远遁于大漠之北，赵国的北方边患从此解除。”

“由此看来，李牧确是赵国抵御匈奴的一座长城。”太子丹情不自禁地赞叹道。

“其实，也是抵御强秦的一座长城。”鞠武补充道。

“太傅说得对。”樊於期点点头，表示赞同。

鞠武看了看樊於期，顿了顿，说道：

"樊将军，恕武冒昧失礼。"

"太傅但说无妨。"樊於期知道鞠武要说什么，坦然地说道。

"樊将军智勇天下无双，乃秦国第一大将。每一次奉命率师东征赵国，都是所向披靡，战无不胜。但唯独四年前，赵王任李牧为主将时却失利了。倘若当时不是李牧出任赵国主将，恐怕赵国早就被樊将军给灭亡了。"

"败军之将不敢言勇，惭愧惭愧！"

鞠武见樊於期说得坦然，遂又接着说了下去：

"据赵国人说，四年前，李牧重挫秦军主力后，赵王对满朝文武说道：'李牧，寡人之白起也。'"

"为什么这么说？"太子丹不解地问道。

"白起是秦王倚重的大将，在秦国有'常胜将军'的称号。"樊於期插话解释道。

"哦，原来是这样。"太子丹恍然大悟，他在咸阳为人质时倒是没有听过这种说法。

鞠武看了看太子丹，又望了望樊於期，继续说道：

"秦王曾封白起为武安君，于是赵王也依秦王的成例，封李牧为武安君。"

"李牧当之无愧！"樊於期脱口而出道。

鞠武见樊於期如此推崇李牧，打心眼里敬重他的人格。于是，更加坦然地说道：

"就在樊将军失利的第二年，秦王再次起兵伐赵。伐赵的秦师，兵分两路。一路由邺北上，渡漳水后，准备向赵都邯郸进逼。另一路则由上党出井陉，欲抚邯郸之背，将赵国拦腰截断，使赵国军队南北不能兼顾。"

"结果怎么样？"樊於期想知道秦国其他将领遭遇李牧的结果，所以迫不及待地问道。

鞠武了解樊於期的心理，反而不急，顿了顿，看了樊於期一眼，才从容说道：

"李牧冷静地分析了秦军的作战意图，最后采取了南守北攻，集中兵力各个击破的战略。他让副将司马尚屯兵邯郸之南，凭借漳水，固守赵长城一线。自己则率赵军主力北上迎击远道来犯的秦军主力。当秦军主力进攻至番吾时，正好与李牧所率赵师主力相遇。李牧趁秦师立足未稳，督师对秦军展开了猛烈进攻，使秦军进攻受阻，大败而去。"

"之后呢?"樊於期与太子丹几乎异口同声地问道。

"接着，李牧回师邯郸，与司马尚合兵一处，对秦国南路之师展开了反击。秦军南路将领已闻知北路失利，军心已经不稳，所以赵师刚一发起进攻，秦军就溃败而逃。至此，赵国在李牧的领导下，再一次打败了强大的秦国军队。"

"刚才太傅说李牧也是抵御强秦的一座长城，于此观之，不虚也!"太子丹感叹道。

樊於期见太子丹与鞠武都对李牧推崇有加，于是也以赞赏的口吻补了一句：

"其实，李牧不仅有杰出的军事才能，还有卓越的外交才能呢。"

"是吗?"

见太子丹与鞠武二人都感到非常惊讶，樊於期乃从容不迫地说道：

"雁门关大捷后，赵国北部的边患得以解除，李牧也因功而调回朝中。不久，以相国身份出使秦国，与之订立盟约，使赵国质秦的公子得以回到邯郸。"

"哦，有这事?"太子丹有些不信。

"殿下，末将之所以对李牧知之甚深，就是因为很早就听闻了有关他的许多传奇。"

太子丹点点头，鞠武也点点头。之后，大家都陷入了沉默。

过了好久，樊於期突然问鞠武道：

"太傅，您从邯郸回来时，战事如何？"

鞠武摇摇头说：

"赵国人都为李牧喊冤，都在骂赵王糊涂。至于战事的结果，谁也没有信心。"

太子丹听鞠武这样说，转过头望着樊於期，问道：

"将军，依您看，赵国没有了李牧，邯郸还能保得住吗？"

樊於期摇摇头。

"邯郸保不住，赵国就不复存在。赵国不复存在，那燕国……"鞠武说不下去了。

大家一片沉默。

第六章　送别

1. 置酒交心

秦王嬴政十九年，燕王喜二十七年（前228）三月二十七，当夕阳的最后一缕余晖从西边的地平线消失后，暮色渐渐笼罩起燕国之都蓟城。

刚到酉时，就有两个仆从准时从燕太子府出来，先在门口左右前后张望了一番，然后每人各推一扇门，准备关闭。就在这时，突然听到有人高叫一声：

"慢！"

正在关门的两个仆从，一听声音非常熟悉，遂连忙停了下来。就在他们一愣的瞬间，那个高叫一声的人已经从马车上跳下来，迅疾来到了眼前。

"啊？是太傅！"两个仆从几乎异口同声地惊呼道。

鞠武也不答话，径直向府内冲去。

两个仆从呆了一会儿，然后连忙关好门，一路小跑地尾随着鞠武进了太子府后院。

"太傅这么晚还来找太子，难道有什么急事吗？"一个仆从说。

"肯定是有急事，上次太傅傍晚来找太子，不就是因为有急事吗？"另一个仆从道。

"你说的是不是去年八月的事。"

"正是。"

"那次太傅是来报告太子，说秦国军队包围了赵国之都邯郸。"

"这还不是重点，主要是报告赵国大将军被赵王杀了。"

"我记得那次太子与樊将军都非常悲伤，太傅也好像非常伤感。"

"那么，太傅这次来报告太子，莫非与秦国军队包围邯郸的事有关？"

"估计是。因为赵国邯郸要是被秦国军队攻破了，那赵国就亡国了。赵国亡国了，我们燕国西边就没遮挡了，恐怕危险就要来临了。"

"不要乱猜了，赶快跟进去听听太傅是怎么说的吧。"

二人一边说着，一边悄悄跟到了太子的住所，准备偷听一番。

鞠武不知道这两个守门的仆从尾随自己，一进太子丹住所，就大声叫道：

"殿下，不好了。"

太子丹此时正在与荆轲、樊於期二人共进晚餐，酒都已经斟好，还没来得及端起来喝，就听鞠武一声喊叫。太子丹知道，太傅此时进府，又不顾礼节地大喊大叫，一定是有危急之情要禀告。于是，一骨碌从席上爬起来，忙不及履，赤足就要迎出去。

"殿下，不必惊慌。天塌了，有我荆轲顶着；地塌了，有樊将军呢。"

就在荆轲话音未落之时，鞠武已经抢步进来了。

太子丹连忙让席，道：

"太傅请坐，有话慢慢说。"

"殿下，秦军攻破赵都邯郸了。"鞠武在席上还未坐稳，就急促地说道。

"啊？"太子丹与樊於期几乎同时惊讶地瞪大了眼睛望着鞠武，张着的嘴半天也没合上。

荆轲听了这个消息，好像并不吃惊，脸上也毫无表情。

142

鞠武望着惊呆的太子丹与樊於期，又扫视了一眼不动声色的荆轲，继续说道：

"赵王喜也被秦军俘获了。"

"那赵国不等于亡国了吗？"呆了好久，太子丹才好像是自言自语地喃喃说道。

樊於期望了望太子丹，又看了看鞠武，摇了摇头，没有说话。

鞠武见此，也不再说话。于是，室内一片沉默，死一般的寂静。

"邯郸破了，难道赵国其他地方就没有兵力了吗？"一直没有说话的荆轲，在沉默了很久后，突然打破沉默，对鞠武反问道。

鞠武一愣，太子丹与樊於期也一愣。顿了顿，太子丹望着鞠武说道：

"大侠说的是，难道赵国所有的兵力都集中于邯郸？邯郸破了，赵国其他地方就没有反抗秦国的力量了吗？"

鞠武见问，似乎突然醒悟过来，连忙说道：

"昨天在路上，遇到一个赵国人，说赵王喜并不是在邯郸被俘，而是先从邯郸突围出去，逃到了东阳。但是，秦将王翦与羌瘣率兵紧追不舍，最后攻下东阳，才将赵王喜俘获的。"

荆轲听了没吱声，樊於期默默地点点头，太子丹则显得非常绝望。

鞠武望了望太子丹，顿了顿，又说道：

"赵王喜虽被秦人所俘获，但公子嘉却成功突围，带着几百个赵国王室宗亲逃往代地，据说在那里自立为代王了。"

太子丹一听，顿时兴奋起来，说道：

"这么说来，赵国还没有亡国。"

"不仅没有亡国，有可能还能从此中兴，重新崛起。"樊於期也兴奋地说道。

鞠武一听，连忙转过头来，望着樊於期，问道：

"将军，为什么这么说？公子嘉逃到代地自立为王，顶多能够延续赵国的国祚一段时间。您为什么会认为赵国还能重新崛起呢？"

樊於期看了看鞫武，又望了望太子丹与荆轲，从容说道：

"太傅大概还记得吧，代地曾是李牧长期经营的地方，是赵国抗击匈奴的前线。这里的民风最为强悍，当年李牧抗击匈奴的主力都是代地的边民。公子嘉在此立国，军事力量能够很快集结。如果能够与匈奴结好，联合起来对付秦国，赵国未尝不能实现中兴的局面。"

"这确也有可能。"太子丹点点头。

荆轲没有说话，仍然作沉思状，只是偶尔抬头看看樊於期。

鞫武见太子丹听了樊於期的话后紧张的神情有所缓和，犹豫了一下，说道：

"不过，这只是可能。未来之事，谁也说不准。眼下太子殿下要考虑的，恐怕还是如何应对秦国军队直接从赵国出发，越易水，向燕国压境而来的问题。"

太子丹望了望鞫武，又看了看荆轲与樊於期，没有说话。

于是，室内顿时陷入死一般的寂静之中。

忧虑，恐惧，无奈。

度日如年地过了三个月，秦王政十九年，燕王喜二十七年（前228）六月底，从赵国又传来消息。秦国大将王翦俘获赵王迁之后，本来要率得胜之师直接进攻燕国。但是，秦王政这时却亲自到了赵都邯郸，寻找当年自己生于邯郸时与他母家有仇的那些人，将他们统统活埋了。之后，从邯郸返驾，经太原、上郡回到了咸阳。而此时，秦将王翦已率师进驻到中山国，做好了随时对燕国发动进攻的准备。

燕王喜日夜忧惧，乃与在代地立国的代王嘉联合，双方合军一处，驻扎于上谷郡，严防秦国军队突然袭击。只是因为秦王政返回咸阳不久其母太后驾崩，接着秦国又发生了大饥荒，所以进攻燕国的计划推迟了。

太子丹对这些情况了若指掌，所以整天如坐针毡，寝食不安。左思右想，太子丹觉得如今该是实施刺杀秦王计划的时候了。如果现在还不行动，秦国大军一出动，燕国就会立即亡国。到时候，想执行这一计划也没机会了。打定主意后，六月初五，太子丹非常郑重地准备了一个宴席，专门招待荆轲。午时刚到，宴席已经准备就绪。

荆轲受太子丹的招待早已司空见惯，看到太子丹为他一个人备的宴席，并不觉得有什么异样，更没有什么特别的感动。所以，一进来就像往常一样，没有礼让，就大咧咧地居上席坐下。

太子丹见此，立即上前，长跽执壶为荆轲斟满一盏酒。然后，高高举起，送到荆轲面前。荆轲也不客气，接盏在手，一饮而尽。太子丹又给他斟了第二盏，自己也斟满一盏，然后跪直身子，端起自己的一盏，说道：

"丹先喝了这盏，然后有几句肺腑之言要跟大侠说。"

荆轲见太子丹这样说，方才看清今日太子丹的态度与往常是大不一样的。于是，立即正襟危坐，在太子丹仰头喝酒的同时，也端起自己面前的那盏酒，一仰脖子就喝了下去。然后，放下酒盏，一抹嘴巴，抢在太子丹再次开口前说道：

"轲侍太子殿下，于今三年矣，无有尺寸之功。而殿下遇轲，则恩厚如天。黄金投龟，千里马肝，美人玉手，美酒琼浆，无所不用其极。太子何人也？荆轲何人也？然殿下不弃，食必与轲同案，寝必与轲同席，三日一小宴，五日一大宴，轲皆受之。"

太子丹见荆轲已动真情，遂连忙说道：

"荆卿不嫌丹不肖，不弃燕僻小，不远千里，辱临北国，非唯丹之幸，亦燕国万民之幸也。"

"轲虽一介匹夫，然亦知'士为知己者死，女为悦己者容'的道理。凡夫庸人，受人之恩，尚思以己尺寸之长而报之。今轲侍太子之侧，慕田光之节，自然明白死有重于泰山，而轻于鸿毛者。殿下有何见教，但说无妨。"

太子丹见荆轲将话说到这个份上，觉得火候已到，遂立即敛袂危坐，正色而言：

"丹曾为质于秦，秦王遇丹无礼，丹耻之，几不欲生。今秦王灭赵而陈兵于中山，企图一举灭我弱燕。丹有心率燕国之众拼死一搏，一雪国耻。然秦师兵多将广，以区区之弱燕而当之，无异于投羊于狼群，驱狼以搏猛虎。"

"殿下言之是也。今天下之强者，莫若秦国。纵使赵国未亡，纵使山东诸侯同心同德，合纵而抗强秦，以今日五国之实力，亦未必能敌强秦。"

太子丹见荆轲的想法已与自己趋于一致，遂立即顺势接住他的话头，问道：

"既然如此，依荆卿之见，为今之计，当如何才好？"

荆轲不假思索、毫不犹豫地回答道：

"依轲之见，为今之计，只有一条路可走。"

"什么路？"太子丹心如明镜，但却故意装作不明白的样子，急切地问道。

"若效昔日鲁将曹沫劫齐桓公而收复失地，阖闾使专诸刺杀吴王僚而成就霸业的故事，遣一刺客往秦，则天下危局可逆，燕国之患可解，殿下之耻可解也！"

荆轲话音未落，太子丹就脱口而出道：

"荆卿之计，正合我心！"

荆轲一听，终于明白太子丹今日置酒与自己谈心的真正用意。其实，即使今日太子丹不把话挑明，他也早就心知肚明。当初田光找他时，就已暗示了这层意思，而且还以死明志。

由于二人对此都是心照不宣，反而话就不好再说下去了。于是，二人相对，一时陷入了沉默。最后，还是荆轲打破了沉默，主动开口道：

"刺秦计划非同小可，不知殿下是否有了属意的合适人选？"

太子丹明白荆轲的意思，他非常想把话明白地说出来。但是，与荆轲四目相对，他又没有勇气说出口。顿了顿，以试探的口气说道：

"要不，先让秦舞阳试试？"

"竖子不足以成大事也！殿下若遣他往秦，必将有去无回，而且还会坏了殿下大事，祸害燕国万民。"从来都是不动声色，喜怒哀乐不形于色的荆轲终于显得有些激动了。

派遣秦舞阳执行刺秦计划，并非是太子丹的本意。他之所以这样说，是想用激将法让荆轲否定秦舞阳作为人选，从而让其主动请缨。见荆轲话已说白了，遂连忙顺水推舟地说道：

"荆卿言之有理，秦舞阳并非最合适的人选。"

"而今形势危在旦夕，殿下若是没有更合适的人选，荆轲愿意前往。"

"若事可成，举燕国而献于卿，亦丹所愿也！"

荆轲听太子丹这样说，终于彻底明白太子丹今日说话如此绕弯子的原因了。于是，立即顺势接住太子丹的话头说道：

"不过，殿下得答应轲三个条件。"

太子丹见荆轲受命意愿已然表明，遂非常爽快地回答道：

"纵然是一千个条件，只要丹能做到，都会答应。"

"第一件是樊於期将军的头颅。"

太子丹一听，吃惊得瞪大了眼睛，问道：

"为什么要樊将军的头颅？"

"殿下，秦王现今最恨谁？"

"樊将军。"太子丹不假思索地回答道。

"这就是问题的关键。樊将军战败潜逃，秦王对他恨之入骨，不仅杀尽他的家人与宗亲，而且还悬赏求购他的头颅。若是能拿着樊将军的头颅去见秦王，是不是最能讨他欢心？是不是最能接近他，并趁机胁迫他或是刺杀他？"

太子丹听了荆轲的这番话，虽然觉得他说得有理，但是半天都没有说话。

荆轲见太子丹不说话，知道他是心有不忍，不便再逼他，于是就埋头自斟自酌。

过了好久，太子丹见荆轲闷头喝酒，怕他不高兴而反悔先前答应的事，犹豫了一会儿，这才硬着头皮说道：

"荆卿说得在理，只是樊将军乃丹故人，又是穷途来投奔，而丹卖之，心不忍也！"

荆轲默然不应，继续闷头喝酒。

太子丹见此，不便于再说什么，只得也埋头喝起酒来。但是，过了好久，他还是打破了沉默，说道：

"那荆卿说的第二件呢？"

"第二件是督亢地图。"荆轲头都没抬，脱口而出。

"督亢地图？"太子丹有些不解。

"秦王最垂涎的燕国之地，不就是督亢吗？若燕国主动向秦王献上督亢地图，秦王焉有不高兴之理？"

"这个可以。"太子丹不假思索地答道。

"那就请殿下备好督亢地图。"

"那第三件呢？"太子丹又追问道。

"第三件是要给轲配一个助手。"

"这个容易。夏扶，宋意，秦舞阳，都是与荆卿朝夕相处，知根知底的侠士，随您从中挑选一位。"太子丹毫不犹豫地答道。

"这三人都不行，不能配合轲完成大任。"荆轲几乎是不假思索地一口回绝了。

太子丹听了，一下子愣住了。过了好大一会儿，才回过神来，问道：

"那么荆卿认为谁可担此重任呢？"

荆轲头都没抬，呷了一口酒，说道：

"轲十年前结交一位魏国的侠士，只有他足以担当起这个重任。"

"那么，这位侠士现在何处？"太子丹急不可耐地追问道。

"在楚国。"

"啊，在楚国？就是现在马上派人去请，来回也要一年半载啊！"太子丹不禁着急起来。

"殿下不用多虑，早在秦军包围赵都邯郸时，轲就差人秘密前往楚国去请这位朋友了。"

太子丹一听，又是一惊，原来荆轲早就有了打算。只是他所要找的那位侠士是否真能请到，什么时候能到，都是未知数。眼下形势如此急迫，等不得啊！想到此，太子丹又冲口而出，问道：

"那么，这位侠士何时能到呢？"

"这个，轲也不清楚。"

太子丹一听，差点昏过去。但是，现在又催他不得。如果再催，他再提樊将军头颅之事，自己如何解决？念及于此，太子丹无言以对，只得继续埋头喝酒。

2. 樊将军授首

秦王政十九年，燕王喜二十七年（前228）十二月二十八，北风呼啸，滴水成冰。

薄暮时分，燕都蓟城的街上早已空无一人，连平日黄昏时分最爱聒噪的老鸦也因寒冷而蜷缩于老巢，不敢出来烦人了。

但是，就在这时，却有一辆马车急急从大街上疾驰而过，直奔太子府而去。

到了太子府门前，马车停而未稳，就见一个浑身裹得严严实实的人急急从车上跳下来，然后跌跌撞撞地奔向太子府。

149

"太傅，怎么是您？这么晚，这么冷的天，您怎么还过来了？莫非是找太子有急事？"

太子府两个正准备要闭门阖户的仆从，见到鞠武先是认不出来，等到认出来后，却又吃了一惊，遂这样问道。

鞠武并不答话，一步跨入大门，就直奔太子后院住所而去。

太子丹此时正侍候着荆轲就餐，猛然见到太傅鞠武直闯进来，不禁吃了一惊，连忙问道：

"太傅奉父王之命，南约齐、楚，西约魏、韩，合纵之盟进行得怎么样了？"

鞠武知道，太子丹一向都是主张以非常规手段破解燕国危局，不相信"合纵"之策有什么效果。所以，当太子丹这样问的时候，鞠武总觉得他话中有话。但是，鞠武此时也不想管那么多，乃径直回答道：

"韩、魏不要指望了。"

"为什么？"太子丹明知故问道。

"韩国早就名存实亡了。早在大前年，秦王就派军队接收了原为韩国南阳一带的土地，并任命内史腾为南阳代理郡守。内史腾履任后，首先一步便是命令韩国南阳的男子登记年龄，以便随时征发兵役与徭役。前年，秦王又得寸进尺，派内史腾以南阳为据点，发兵攻打韩国之都郑，俘获了韩王安，收缴了韩国的全部土地，将韩国正式纳入了秦国的版图，并将之命名为颍川郡。"

太子丹点点头。鞠武望了他一眼，又看了看一直沉默不语的荆轲，继续说道：

"也就在前年，当秦王派内史腾攻打韩国之都郑时，魏王不战而屈，立即向秦国献地。秦王遂将魏国所献之地命名为丽邑。如果前年不是因为秦国发生了大地震，又遭遇了大饥荒，以及华阳太后崩驾等突发事件，恐怕魏国也在前年就被秦国灭亡了。所以，现在再想联合魏国，那是想都不用想了。"

"那太傅奉命约纵齐、楚两大国的事，结果又怎么样呢？"

鞠武先叹了一口气，然后说道：

"齐王在位已经三十七年了，一味守成，不思进取，齐国国力一年不如一年。而今他已垂垂老矣，更是毫无斗志。虽然武以赵国亡国的现实教训晓谕于他，强调指出，昔日山东六国都是与秦不相上下的列强，但是由于不团结，互相残杀，自耗实力，给了强秦以各个击破的机会。如今，山东六国已经只剩齐、楚、魏、燕四国。如果亡羊补牢，也许还有机会救亡图存。反之，则必然步韩、赵之后尘，亡国灭种。"

"那齐王怎么说？"太子丹问道。

"他还能说什么呢？他说他老了。"

"知道自己老了，不中用了，怎么不主动退位，让年轻人执掌齐国之政呢？"荆轲听不下去了，突然插上来说道。

"他这是在推托，他认为齐国不与秦国毗邻交界，秦国再强大也构不成对齐国的威胁，所以他不愿意与我们联合，而想作壁上观。甚至他还在内心希望秦国与山东诸国互相争斗，他们齐国可以从中渔利。历史上许多齐王不都是这样干的吗？我们燕国在苏秦合纵时代不就吃过齐国多次亏吗？我之所以一直对山东六国合纵抗秦不抱希望，就是这个道理。"太子丹不以为然地说道。

鞠武见太子丹这样说，顿时没了再说下去的兴趣。于是，一时愣在那里，沉默不语。

荆轲见鞠武风尘仆仆地从国外赶回来，车不停，马不歇，就来向太子丹禀报情况，一片忠心可鉴。于是，打破沉默，问道：

"那么，楚王对于合纵是什么态度呢？"

"楚幽王虽还没有老糊涂，但是却是一个没有主见的昏君。他表示只要秦国不进攻楚国，秦王要他如何配合，他都肯。虽然武以楚怀王时代张仪欺楚、骗楚、伐楚之所为，以及楚怀王受骗客死于秦的历史事实为例，晓以利害，但楚幽王仍然不能清醒。他只想苟且偷安，过一天算一天，不是一个有为的君主。"

太子丹听到此，立即接口说道：

"如此说来，太傅这一趟千万里之行，是白辛苦了。"

鞠武听太子丹这样说，心里非常不爽。觉得自己主张合纵以抗秦，虽与他政见不同，但也是出于对燕国的一片忠心。自己如此辛苦地穿梭于山东诸国之间，极力促成合纵联盟的成局，没有功劳也有苦劳。他作为燕国的太子与储君，理应慰问感谢几句。想到此，鞠武遂言外有意、弦外有音地说道：

"虽然南约齐、楚的合纵联盟未能成局，但这一趟齐、楚之行却获取了不少有用的情报。所以，武这一趟也算没有白跑。"

太子丹听鞠武这样一说，立即来了兴趣，急忙问道：

"什么有用的情报？"

可是，鞠武却没有立即回答，而是沉默不语。

太子丹自知刚才的言行有些失礼，过于情绪化，于是立即起身执壶为鞠武斟了一盏酒，长跽奉上，并恭敬有加地说道：

"太傅风餐露宿，一路辛苦，请先饮了这盏，以祛风寒。"

鞠武见太子丹这样说，遂接盏饮下。然后，看了看太子丹，又望了望荆轲，这才从容说道：

"今年三月秦军攻破赵都邯郸后，之所以没有立即越易水进攻燕国，其实是有两个原因。"

"哪两个原因？"太子丹又急切地问道。

"第一个原因是因为邯郸城破，秦王东巡时，其母太后突然驾崩。等到办好国丧，八百里秦川又遭受了百年未遇的旱灾，庄稼颗粒无收。潼关之内，饿殍遍地。"

"太傅是说，秦王因为这个原因才暂缓了秦师东进，对燕国发动进攻的计划，是吧？"

鞠武点点头，但没有马上接着说下去。太子丹见此，立即上前给他斟了一盏酒，恭恭敬敬地奉上，然后又给荆轲奉上了一盏。

鞠武端起酒盏，呷了一口，续又说道：

"第二个原因是，秦王听说燕王派臣南约齐、楚，欲合纵以抗秦。秦王认为，鉴于赵国新近亡国的教训，山东诸侯肯定会基于自身的存亡而摒弃成见，同心同德，合力对付秦国。所以，秦王决定暂缓进攻燕国，而且派出使臣往魏、齐、楚，软硬兼施，晓以利害，破坏燕王可能成局的合纵之盟。"

听到这里，原来一直静静倾听而不发一言的荆轲，突然问道：

"那么秦王准备什么时候再对燕国用兵呢？"

太子丹一听荆轲的话，觉得这才是问到要害。于是，也连忙催促道：

"太傅，是否打听到秦王何时对燕国用兵？"

"具体用兵时间，无法获知，但是从种种迹象来看，已经为时不远了。"

太子丹一听，顿时又紧张起来，神色明显有些慌乱。

鞠武望了太子丹一眼，又接着说道：

"现在是冬季，天寒地冻，依鞠武之见，秦国军队目前不可能越易水对燕国用兵。根据以往的经验，秦国极有可能在明年春三月，就像今年三月秦军攻破赵都邯郸的那个时间点，越易水而对燕国大举进犯。"

鞠武话音未落，荆轲立即提出质疑道：

"战争是需要做好充分准备的。今年秦国遭受天灾，粮食颗粒无收。秦国若想对燕国用兵，几十万大军出动，远途奔袭，军需如何保障，恐怕亦非短时间内能够解决的吧。"

荆轲之所以提出这个问题，一方面是就客观现实所作的客观分析，另一方面还有一层意思，那就是让太子丹明白，秦国对燕国的进攻目前还没有到迫在眉睫的地步。因此，他入秦执行刺杀秦王的计划完全可以再等一段时间，待到他的朋友来了以后也不迟，太子丹不必逼迫太紧。

鞠武不知道荆轲这样问的用意，遂仍旧照自己的想法分析道：

"之所以说秦国对燕国用兵的时间可能选择在明年春三月，除了历史的经验外，还有一个最直接的证据。就在武穿梭齐、楚之间，极力促成山东诸国合纵联盟成局的同时，秦王一方面加紧从巴蜀征调粮食接济关中百姓与军队，另一方面又派使臣往魏国、齐国、楚国借粮。巴蜀乃天府之国，秦国关中歉收，巴蜀之粮足以解决问题。可是，秦王却以秦国今年歉收为借口，大肆借粮，这明显是在为明年的军事行动筹措足够的粮食。兵法曰：'大军未动，粮草先行。'今秦王筹措粮草已毕，焉有明年不对燕国用兵之理？"

"既然如此，那太傅以为，为今之计，当如何是好？"太子丹急切地问道。

鞠武看了看太子丹，又望了望荆轲，犹豫了一下，说道：

"殿下不是早就有计划了吗？实在不行，还有樊将军。俗话说：'兵来将挡，水来土掩。'以樊将军秦国第一号常胜将军的智勇，率燕国之师，以逸待劳，用秦人之智勇对秦人之智勇，何愁不能击退秦国之师？"

太子丹一听鞠武这话，就知道他还在抱怨自己收留樊於期，优待荆轲。本来，他想解释几句，但是碍于荆轲在场，只得予以回避，说道：

"太傅旅途劳顿，赶紧用餐，早点休息吧。应对秦师之患，还得从长计议。"

荆轲当然听明白了太子丹与鞠武二人话中之话，他对太子丹也有意见，但是，今天碍于鞠武在场，他也不便于说。于是，连忙附和太子丹的话，说道：

"太傅一路劳苦，轲敬太傅一盏。"

三人各怀心思，闷闷喝了一会儿，便匆匆散场了。

第二天一大早，太子丹像往常一样伺候荆轲用好早餐后，犹豫了一会儿，终于还是向荆轲开口了：

"太傅昨晚的情报已经表明，秦师来犯已经迫在眉睫了。行刺秦王的计划如果再拖延下去，恐怕就没有机会了。"

荆轲一听，知道太子丹这是在跟自己下最后的命令了，虽然话说得仍然非常委婉，但意思是再明白不过了。他觉得太子丹这是不信任自己，于是生气地说道：

"荆轲之所以至今不动身入秦，只是为了等朋友到来。既然现在形势危急，荆轲可以不再等朋友，但是殿下答应的另两个条件则不能食言。否则，荆轲无以取信于秦王。不能取信于秦王，焉能接近秦王而完成殿下托付的大任？"

"督亢地图，丹已准备好了。只是樊将军的头颅，丹实在无法解决。虽然丹几次置酒单独请樊将军，想跟他直言，但每次面对他，丹都没有勇气。拖了半年都没结果，丹每天面对荆卿，心里是什么滋味，想必您也是可以体会的。"

荆轲听了太子丹这样一番话，一时无语。太子丹见此，也找不出什么话好说了。

二人低头沉默，谁也不说一句话，室内空气都快凝固了。这样，憋了约烙十张大饼的工夫，荆轲一言不发，从席上爬起，径直走了出去。

太子丹望着荆轲远去的背影，脑子顿时一片空白。一个上午，他都坐在原地，呆呆傻傻，一言不发，吓得几个每日跟随的仆从手足无措。

日中时分，荆轲回来了，手里还提着个包袱。

太子丹一见荆轲回来了，连忙从席上爬起，惊喜地叫道：

"荆卿，您终于还是回来了。"

荆轲并不答话，只是将手里的包袱往太子丹面前一放，端起席前食案上的一盏先前没有喝完的酒一饮而尽，然后才指着放到太子丹面前的那个包袱，说道：

"殿下先打开包袱看看，准备一下，明日荆轲就动身入秦。"

太子丹不明白，问道：

"明日就是大年夜，天气又这么冷，这么急入秦干什么？"

"现在殿下不急，荆轲也会急。殿下还是打开包袱看看吧。"

太子丹不明白，荆轲为什么一而再指着面前的这个破包袱要他看呢？于是，望了一眼荆轲，就顺手解开面前的这个破包袱。等到包袱打开，竟然发现是一个人头。太子丹吓得在席上连滚带爬。可是，荆轲却镇定自若，一盏接一盏地喝酒。

太子丹见荆轲那样镇定，遂又爬回去，仔细再看那个包袱里的人头。一看，大叫一声，顿时昏厥过去。

荆轲进来时退出室外的两个仆从，突然听到太子丹大叫一声，立即闻声抢步进来。发现太子丹已经昏厥，不省人事，连忙将其扶起，在其前胸后背一阵拍打。然后，又倒了一盏水，撬开太子丹的嘴巴灌了进去。大约过了烙三张大饼的工夫，太子丹慢慢醒过来，看见荆轲竟然若无其事地自斟自饮，突然一改平日对荆轲毕恭毕敬的态度，狂吼道：

"你怎么把樊将军给杀了？"

两个仆从吓得连忙退出室外。

荆轲从容不迫地从席上爬起来，走到门外，对两个仆从挥了挥手，然后将门关好，再坐到原位。望了一眼怒目圆睁的太子丹，态度平静，一字一顿地说道：

"太子殿下，樊将军不是荆轲所杀。"

"不是你所杀，那他的头颅怎么在你手上？"太子丹怒不可遏地质问道。

荆轲不嗔也不怒，神情自若，望着盛怒而陌生的太子丹，平静地说道：

"是樊将军自己杀了自己，然后把头送给荆轲的。"

太子丹听了，冷笑一声道：

"这话谁相信？哪里有人自己杀了自己，还能把头颅送给别人?"

"太子相信不相信,荆轲都不想辩解。事实上,确是樊将军左手持剑,右手握发,在剑起头断的瞬间,挥手一掷,就将头颅送到了荆轲的怀中。太子不信,请看荆轲胸前的血迹。"

太子丹睁眼细看,荆轲胸前果然有血迹。又一想荆轲所说的情形,不得不相信这一切都是真的。于是,捧起樊於期的头颅放声大哭。

哭了大约烙十二张大饼的工夫,太子丹再也哭不出声了。

荆轲见太子丹哭得差不多了,遂起身为他倒了一盏冷水。喝完了水,太子丹的情绪终于平静下来。

"樊将军申明大义,为了成全太子殿下的心愿,为了燕国生灵免于涂炭,以他的头颅报答殿下的知遇之恩。既如此,我们就不能辜负樊将军的一片真情,完成他的心愿,这才可告慰他于九泉之下。"

太子丹定了定神,渐渐恢复了理智。但是,望着荆轲那镇定自若的样子,不禁心生疑窦,试探地问道:

"荆卿到底跟樊将军说了什么?"

荆轲见太子丹仍然不相信自己,觉得樊於期刎颈这件事必须说清楚,不能怕费口舌而让自己蒙受不白之冤。在大是大非面前,该辩解的还是要辩解,不然太子丹会误会自己一辈子的。想到此,荆轲严肃地回答道:

"轲并没有对樊将军说什么多余的话,只是将太子殿下的计划如实告诉了他,也将轲与殿下约定的三个条件如实告诉了他。"

"就这么简单?"

见太子丹语气中似乎仍带疑问,荆轲只得再深明道:

"轲见樊将军,跟他说:'闻将军得罪于秦王,父母妻子宗亲皆被焚杀。又闻秦王悬赏求购将军头颅,有献之者,可邑万户,得金千斤。如此血海深仇不报,如此奇耻大辱不雪,大丈夫有何面目生于斯世？今轲有一言，可除将军之辱，可解太子之耻，可免燕国万民之患，不知将军有意否？'"

"那樊将军怎么说？"太子丹急切地问道。

"樊将军说：'末将每思及父母妻儿，以及无辜的宗亲，都要椎心泣血。然报仇雪恨，不知计从何出。今蒙荆君赐教，愿闻命矣！'"

"那荆卿您怎么说？"

"轲言：'今愿得将军头颅与燕督亢地图，以进于秦王。秦王闻之，必喜而见轲。轲则趁机出图中之匕首，左手把其袖，右手持其刃，斥其负燕之罪，数其诛将军父母妻儿之仇。然后，一刀刺其胸，则燕国见凌之耻，将军积怨之怒，皆尽除矣。'"

"那樊将军如何？"太子丹又追问道。

"樊将军闻之，奋袂而起，扼腕执剑，道：'此乃末将日夜所欲也！而今闻命矣！'言犹未绝，手起剑落，头断飞出。"

未及荆轲说完，太子丹泪如雨下，泣不成声。

荆轲也不劝慰，只是静静地坐在一旁。太子丹哭了一阵，突然停下，说道：

"我们去看看樊将军吧。"

二人穿过太子府后花园，来到前花园樊於期的住所。一进屋，太子丹就看到满地是血。再一细看，发现樊於期的尸体还直直地坐在席上，剑落在身体的左边，右手呈空拳握势，向外呈抛物状。

太子丹不看则已，一看就想到刚才荆轲所描述的樊於期刎颈掷首的情景，顿时悲从中来，抚尸大哭。

3. 风雪壮行

"殿下，死者不能复生，我们还是面对现实吧。既然樊将军深明大义，要助殿下完成大愿，我们就不能辜负他的期望。"

看太子丹抚尸哭得嗓子都哑了，一直在一旁静候的荆轲，见时间已经不早了，遂一边这样说着，一边走上前去，伸手欲搀扶太子丹起身。

太子丹将樊於期的尸体放平，然后脱下自己的御风大氅，盖到尸体上，这才抬眼看了看荆轲，见其目光坚毅，遂重重地点了点头，在荆轲的搀扶下慢慢站起身。

"殿下，樊将军的头颅不能长久保留，必须赶在腐烂之前送到秦都咸阳，不然就不起作用了。那样，樊将军会死不瞑目的。趁着现在天冷，我们赶快处理一下。今晚将相关工作准备妥当，明天一早轲就启程入秦。"荆轲又说道。

太子丹没有说话，只是点了点头。

二人刚低头走出樊於期的住室，就觉得一股寒风迎面扑来，脖子里好像钻进了无数冰冷的小虫。荆轲连忙抬起头来，发现先前一直阴沉沉的天空中，已经飘起了漫天雪花。

"殿下，下雪了。"

太子丹抬头看着漫天大雪飘飘洒洒，天地一片白茫茫，突然放声大笑。

荆轲感到莫名其妙，以为太子丹精神受了刺激，是不是发疯了。于是，小心地问道：

"殿下，您怎么了？"

"荆卿，您看这漫天大雪，是不是苍天有眼，专门为樊将军送行？"

荆轲点点头。

二人在风雪中站了一会儿后，重新回到太子府后花园的太子丹住所。当太子丹再次看到樊於期的头颅以及他圆睁的双目时，不禁又悲从中来，放声恸哭起来。

"殿下，大丈夫当以大局为重，不可感情用事。轲以为，樊将军在天之灵，也不希望殿下如此。还是处理一下樊将军的头颅，督亢地图的事也要落实了。"

太子丹听了荆轲的话，突然醒悟过来。连忙对室外叫了一声：

"来人。"

立即有两个仆从应声进来，问道：

"殿下，有什么吩咐？"

"快去找人备一个楠木匣子，将樊将军的头颅盛放好。"

"诺。"

没等两个仆从前脚跨出门，太子丹就叫住了他们：

"回来。"

两个仆从连忙转过身来，问道：

"殿下，还有什么吩咐？"

"告知府前守门者，从现在开始，太子府所有人不得出府，也不许府外有任何人进来。违者格杀勿论。"

"诺！"

两个仆从答应一声，就走了。

太子丹立即转身将室门关好，对荆轲说道：

"记得刚才荆卿说过，樊将军死前，您跟他说过如何刺杀秦王的事。现在，是不是具体说一下您的计划？"

"殿下，轲正想请教您一些问题。"荆轲没有回答太子丹的问题，反而先向太子丹提出了要求。

"荆卿有什么问题，但说无妨。"

"殿下在秦都咸阳生活过多年，也与秦王相处过，对秦国宫廷的情况当然最了解。外国使者如果想近距离接触秦王，是否有可能？"

"作为使者，当然是有可能。比方说，敬献礼物，递送国书，都得使者亲自跪呈的。"

荆轲听了，神秘地一笑。

太子丹不知何意，遂连忙问道：

“荆卿笑什么？”

“殿下，能接近秦王，机会不就来了吗？”

“不过，虽然外国使者可以接近秦王，但却不能携带任何兵刃进宫。秦王宫廷防卫森严，连鸟都飞不进的。”太子丹说道。

“那么秦王的侍卫能不能携带兵刃进宫呢？”

“秦王侍卫虽然能带兵刃进宫，但必须站在规定的距离之外。”

“这是什么意思？”荆轲不解地问道。

“就是说，秦王在大殿上坐朝问政，大臣都侍立殿下，侍卫也在殿下相关位置持刀带剑侍立，不能越过规定的界限而靠近秦王身边。”

“秦王是不是怕大臣或侍卫谋杀自己？”荆轲问道。

“正是。其实，不仅大臣或侍卫不能上殿接近秦王，就是殿上发生了紧急情况，殿下的大臣或侍卫也不能直接冲到殿上。之所以有这样的规定，就是怕出现意外。”

“这个规矩好奇怪。”荆轲自言自语道。

“现在虽有樊将军头颅与督亢地图，荆卿有了足够的把握近距离接触秦王，但丹忧虑的是，荆卿不能将兵器带进秦王宫内，如何能够实现胁迫秦王或刺杀秦王的计划？”太子丹忧虑地说道。

荆轲听了，沉思了片刻，说道：

“殿下刚才不是说过吗，秦王在殿上不管发生什么情况，站在殿下的大臣与侍卫都不能冲上殿上，那么轲就有办法了。”

“什么办法？”太子丹不解地看着荆轲。

“难道轲不能徒手弄死秦王？”

太子丹摇摇头，说道：

“这不可能。秦王也是有武功的。况且他自己是携身佩剑的。”

“那么，对于进入秦宫的外国使者，会不会搜身？”荆轲又问道。

“当然会。这虽然非常无礼，但秦王绝不会给刺客有任何可趁之机。"

荆轲听太子丹这样一说，顿时无语，一时陷入了沉思。

太子丹见此，也没了主意。如果找不出办法，不仅自己的耻辱不能洗雪，燕国之危不能解除，而且还白白让樊将军身首异处。

正当太子丹与荆轲都一筹莫展之时，突然听到有敲门之声。

太子丹连忙转身开门，原来是两个亲信仆从捧着一个楠木匣来了。

看得出，这个楠木匣是紧急赶出来的，但却非常精致。太子丹与荆轲看着两个仆从将樊将军的头颅小心翼翼地安置到匣内，然后细致地密封好。

"好了，就放在这吧。让人给樊将军的遗体好好收殓一下，择日厚葬。"太子丹说完，对两个仆从挥了挥手。

两个仆从出去后，荆轲看着装有樊将军头颅的楠木匣，陷入了沉思。太子丹则看着楠木匣悲从中来，泪流满面。

过了好一会儿，荆轲突然抬起头来，望着太子丹，问道：

"殿下，督亢地图准备好了吗？"

"早就准备好了，就在屋里。"太子丹说着，转身就进了内室。

不一会儿，太子丹就捧着一个木匣出来了。

荆轲连忙接过来，放到案上。小心翼翼地打开木匣后，又细心地将里面的地图拿了出来。原来是一张剪切得整整齐齐的羊皮，长方形，约有一尺宽，三尺长，上面绘的就是燕国督亢地区的地图。荆轲拿着这张地图，反复观看，又反复折叠。太子丹不懂他是什么意思，但也不问他。

荆轲摩挲了一会儿，突然问太子丹道：

"有匕首否？"

"有。干什么？"

"殿下，轲入秦干什么？"

太子丹这才恍然大悟，遂连忙转身进入内室，拿出一把非常精致而锋利的匕首，递给了荆轲。

荆轲接过匕首，放在一边。先将羊皮地图摊开，然后小心翼翼地将匕首放在地图的右手边缘，慢慢地将匕首卷进去。接着，又抬起头来，问太子丹道：

"殿下，有没有带子？"

"有。"太子丹不知什么意思，但马上起身给他拿来了。

接过太子丹递过来的带子，荆轲小心翼翼地将刚卷好的羊皮地图系扎好。然后，拿在手上晃了晃，再放进木匣内。

太子丹一见，顿时明白了是什么意思，连声说道：

"妙！妙！妙！"

"殿下，您过来。"

太子丹不知什么意思，连忙跪坐到荆轲身边。

荆轲重又打开木匣，将刚才卷好的地图拿出来，说道：

"殿下，您看。"

荆轲一边说着，一边解开系地图的带子，示意太子丹握住地图的另一端，然后慢慢将地图一寸一寸地予以展开。地图快要展尽时，说时迟，那时快，荆轲突然一只手握住将要露出的匕首，一只手揪住太子丹的衣领，将锋利的匕首逼近到他的咽喉上。太子丹大惊失色，连连往后倒退。这时，荆轲放开他的衣领，丢下匕首，哈哈大笑，道：

"让殿下受惊了！刚才是轲有意给殿下演示刺秦王的思路。"

太子丹这才恍然大悟，连声说道：

"这一招恐怕秦王做梦也不会想到，实在是绝妙奇招！不过，荆卿刚才的动作太危险了。如果匕首之尖稍微碰到你我皮肤，我们都会当场死去，而且死得非常痛苦。"

"为什么？"荆轲好奇地拿起匕首仔细地打量。

"掌灯。"太子丹对外叫了一声。

"殿下，离天黑还早得很呢，为什么现在就要掌灯？"

"虽然天黑还早，但今天下雪，屋内光线已经不是太亮了。掌灯之后，在灯光之下，荆卿就会看出这柄匕首的妙处。"

正说着，仆从已经掌灯进来了。

待仆从出去，荆轲遂移身灯光下，仔细打量这柄匕首，发现颜色很暗，上面好像还有很多不易察觉的细细花纹，不同于普通匕首那样雪亮而光滑。

荆轲看了半天，不解其故，遂问道：

"殿下，这柄匕首难道有什么来历或是不平凡之处吗？"

太子丹点点头，说道：

"这柄匕首，是丹以百金从赵国徐夫人那里购得。刀身是以剧毒之药淬过火。以之试人，血濡缕，人无不立死，且痛苦万状。"

"没想到殿下早就未雨绸缪了。"

"这倒没有，当初求得这柄匕首只是用以防身，并没想到用以刺杀秦王。如果不是刚才荆卿卷匕首入地图之中，丹还真想不出这柄匕首所能发挥的作用。"

荆轲又将匕首在灯下仔细把玩了一阵，然后说道：

"看来这柄匕首冥冥之中是专门为秦王准备的，秦王此次命绝也许是天意吧。"

太子丹点点头，说道：

"成败全在此一举了。"

荆轲就着灯光又看了一会儿匕首后，重新将之卷入地图中。然后，小心地系扎好带子，装入木匣内。

见此，太子丹试探地问道：

"荆卿果然明天就要启程入秦？"

"当然。刻不容缓。"

"那不等您的朋友了？"

"明天就是大年夜，约定的时间已过，肯定路上出了差错。楚国那么大，也许派出的人根本就没找到他。"

"那荆卿一人行吗？"

"没有别的办法了，就让秦舞阳做副手吧。"

"那好。"太子丹点点头。

"殿下，您现在可以把秦舞阳叫来，跟他说明一切了。"

"来人。"太子丹一边点头答应着，一边转身开门，对门外轻轻叫了一声。

话音未落，立即进来两个仆从，不是刚才的那两个。

"殿下，有什么吩咐？"

"你们二人，一个快去吩咐准备宴席，要丰盛。一个去把秦大侠请来。"

"诺！"

两个仆从闻命出门后，太子丹又问荆轲道：

"今夜给荆卿与舞阳壮行，是否请夏扶等人也参加？"

"入秦之事，知道的人越少越好。但是，夏扶等人既是殿下所养的死士，自然没有问题。"

当夜喝过壮行酒，一夜无话。

第二天，太子丹早早起来，张罗着给荆轲与秦舞阳送行。但是，推开门一看，漫天大雪下了一夜，后花园里积起的雪将近一尺厚了。太子丹一看，顿时心凉了半截，这么大的雪，荆轲与秦舞阳如何启程？

"殿下，两位大侠已经收拾停当，正在大厅等您呢。"

正当太子丹看着纷纷扬扬的大雪发愁时，一个仆从不知什么时候已经来到了面前，轻声地唤道。

"哦？"

太子丹精神为之一振，几乎没有犹豫，就一头冲进了漫天大雪中，跟着仆从一起往太子府的正厅而去。

来到大厅，见荆轲、秦舞阳已正襟危坐于厅内，赶来送行的夏扶、宋意、高渐离等人也已聚齐，太子丹连忙吩咐早已侍候在门口的众仆从道：

"拿酒肉来！"

"诺！"众仆从答应一声，犹如一阵风似的去了。

不一会儿，热气腾腾的酒肉便像变戏法似的上来了。荆轲等人都愣住了。其实，这一切太子丹昨夜就已安排好了。

酒肉摆好后，太子丹示意大家坐下。但是，没有一个人就席。太子丹心里明白，遂端起酒盏，首先走到荆轲面前，说道：

"今日天寒地冻，请先喝了这盏热酒，暖暖身子。"

荆轲没有言语，接过太子丹的酒一饮而尽。

太子丹又端起另一盏，走到秦舞阳面前。但是，未等太子丹开口，秦舞阳就跪下身子，双手举起，接过太子丹的酒，然后一饮而尽。

接着，夏扶等人一个接一个地上去给荆轲与秦舞阳敬酒。

荆轲与秦舞阳喝了大约十盏后，就不再喝了。

太子丹见差不多了，遂送荆轲与秦舞阳出门，夏扶等人也都跟随其后。

外面的雪越下越大，天地一片白茫茫。等在门外的马匹，也早已变成了雪马。

荆轲没有犹豫，也没有拂拭马鞍上的积雪，就飞身上了马。接着，秦舞阳、夏扶、宋意等人也跟着一跃上马，太子丹则上了事先备好的一辆马车。太子丹的两个心腹亲随谢勇与甘爽，则骑马在前面开道。

车马静悄悄地出了太子府，静悄悄地驰过燕都蓟城的大街，没有惊动一个人。因为一路只见茫茫一片，不仅看不到一个人，就连一只鸟儿也没有。而出了城门，到了郊外，则更是天地一片白茫茫，不辨东西。幸亏老马识途，幸亏有谢勇与甘爽在前开道，逶迤走了五天，才到达易水北岸。这一天，是秦王政二十年，燕王喜二十八年（前227）正月初四。

"殿下，都已经到易水了，还是就此别过吧。"荆轲跳下马，对太子丹说道。

太子丹点点头，连忙从马车上跳下，对身后的两个亲随一招手，二人立即从车上麻利地卸下几张羊皮，铺在雪地上。然后，又搬下一坛用好几层羊皮包裹的酒，摆出六只酒盏，一盏盏地倒满酒。

这时，夏扶等人也下了马，肃立一旁看着。

太子丹走上前去，先端起一盏递给荆轲，又端起一盏递给秦舞阳，再端起第三盏，对着二人说道：

"送君千里，终有一别。请二位一路保重！"

说着，先一饮而尽。但是，泪水却和着酒水顺着嘴角一起往下淌。转眼，胡须间便结起了冰花。

高渐离见此，觉得气氛太过悲伤，遂抱筑而歌道：

肃肃兔罝，椓之丁丁。
赳赳武夫，公侯干城。

肃肃兔罝，施于中逵。
赳赳武夫，公侯好仇。

肃肃兔罝，施于中林。
赳赳武夫，公侯腹心。

荆轲一听，明白高渐离的意思，乃拔剑起舞，为太子丹歌曰：

天保定尔，亦孔之固。
俾尔单厚，何福不除？
俾尔多益，以莫不庶。

天保定尔，俾尔戬谷。
罄无不宜，受天百禄。
降尔遐福，维日不足。

天保定尔，以莫不兴。
如山如阜，如冈如陵。
如川之方至，以莫不增。

吉蠲为饎，是用孝享。
禴祠烝尝，于公先王。
君曰卜尔，万寿无疆。

神之吊矣，诒尔多福。
民之质矣，日用饮食。
群黎百姓，遍为尔德。

如月之恒，如日之升。
如南山之寿，不骞不崩。
如松柏之茂，无不尔或承。

荆轲歌舞毕，太子丹又上前敬酒。敬酒毕，太子丹亦起而歌：

鼓钟将将，淮水汤汤，忧心且伤。淑人君子，怀允不忘。
鼓钟喈喈，易水湝湝，忧心且悲。淑人君子，其德不回。
鼓钟伐鼛，淮有三洲，忧心且妯。淑人君子，其德不犹。
鼓钟钦钦，鼓瑟鼓琴，笙磬同音。以雅以南，以龠不僭。

高渐离觉得太子丹的歌声太过悲情，为荆轲入秦壮行，要歌鼓舞人心之曲，遂又抱筑而歌道：

> 我车既攻，我马既同。
> 四牡庞庞，驾言徂东。

> 田车既好，田牡孔阜。
> 东有甫草，驾言行狩。

> 之子于苗，选徒嚣嚣。
> 建旐设旄，搏兽于敖。

> 驾彼四牡，四牡奕奕。
> 赤芾金舄，会同有绎。

> 决拾既佽，弓矢既调。
> 射夫既同，助我举柴。

> 四黄既驾，两骖不猗。
> 不失其驰，舍矢如破。

> 萧萧马鸣，悠悠旆旌。
> 徒御不惊，大庖不盈。

> 之子于征，有闻无声。
> 允矣君子，展也大成。

可是，高渐离的鼓舞之曲，唱得越是激昂，太子丹的眼泪越是止不住往下淌。荆轲感慨系之，乃情不自禁地歌道：

风萧萧兮易水寒，壮士一去兮不复还。

探虎穴兮入蛟宫，仰天呼气兮成白虹。

高渐离击筑和之，宋意亦和之。为壮声，众皆发怒冲冠；为悲声，众皆泣不成声。

良久，荆轲上前再与太子丹辞别。太子丹让荆轲与秦舞阳上了自己的马车，亲自执鞭，为之驾车十八步，然后才将马车交给驭手。

荆轲换上太子丹的马车后，没有再回头看众人一眼，径直往易水渡口而去。

夏扶见此，立即奔到马车前，拔剑横于车前，高声叫道：

"慢！荆轲兄弟、舞阳兄弟，夏扶为你们壮行了！"

说时迟，那时快，手起剑落，众人猝不及防之间，夏扶已经在车前自刎而亡了。

第七章　刺秦王

1. 阳翟争肉

秦王政二十年，燕王喜二十八年（前227）二月初五，历经一月有余，荆轲与秦舞阳冲寒冒雪，起早摸黑，终于到达原来韩国南部的颍水。

日中时分，二人渡过颍水，到达南岸的阳翟。

在阳翟刚找了一家客栈住下，秦舞阳就直嚷饿。荆轲被他这么一嚷，自己也觉得饿了，于是就跟客栈老板说道：

"老板，有什么好酒好肉，尽管端上来。"

"客官，非常抱歉，小店不仅没有好酒，而且肉也没有。"老板一脸无奈地说道。

"老板，你不是开玩笑吧。哪有客栈老板不愿意卖酒肉给客人吃？难道你瞧不起俺们，认为俺们付不起钱吗？"秦舞阳一边说，一边从袖中掏出一大把金子在客栈老板面前晃了晃。

没想到老板并没有见钱眼开，而是不假思索地回答道：

"客官，您就是再有钱，小店也是变不出好酒好肉的。"

"为什么？"荆轲也感到奇怪了。

"客官，您想想看，这些年天天在打仗，正常的生产都停顿了，酒从何来？肉从何来？就是想吃死人的肉，恐怕也要有力气去抢去争。"

荆轲默默地点点头，叹息了一声。

秦舞阳一听，顿时像泄了气的皮囊，一屁股坐在席上。

看到荆轲与秦舞阳失望的样子，老板顿了顿，又说道：

"客官，如果你们真有钱，又愿意跑点路，也不是不能买到好酒好肉。"

"在哪里可以买到？"秦舞阳一听，连忙从席上蹦了起来。

"城南门附近有一条小街，那里就有。如果客官买回了肉，小店可以帮助烹饪。"

"离这儿有多远？"秦舞阳急切地问道，恨不得马上吃上肉。

"大约三里地吧。"老板道。

秦舞阳一听，连忙对荆轲说道：

"既然这么近，那么俺们现在就去吧。已有半个月没有好好吃肉了，买些肉来改善一下生活吧？"

荆轲因是此次行动的主角，自受命以来，心里一直想着的都是与刺杀秦王有关的事。所以，对于多少天没吃肉的事没有放在心上。今天听秦舞阳这样一提，倒是觉得有些馋了，遂顺口答道：

"好哇！"

于是，二人收拾了一下，便一起走出了客栈。约半个时辰，便到了客栈老板所说的那条小街。

街上人很多，熙熙攘攘。各种小商贩有的在跟人讨价还价，有的在扯着嗓子叫卖。街道很窄，人又多，所以挤了半天，也没走出几步。秦舞阳想早点找到肉摊，可是，周围都是人，两边卖什么都看不见。于是，他便开始用蛮力向两边推搡他人。不少人都被他推倒在地，这下就更混乱了，叫骂的叫骂，喊叫的喊叫。荆轲见此，一边连忙对秦舞阳使眼色正告，一边动手亲自搀扶倒地的人。忙乎了半天，又挤了半天，这才挤出人群，在街的另一头，看到一个肉摊。

二人欣喜地走过去，发现卖肉的是一个五大三粗的汉子。那汉子见荆轲与秦舞阳直奔肉摊而来，知道是要来买肉的，遂连忙热情

172

地招呼道：

"客官，上等的黄牛肉，要多少？"

荆轲与秦舞阳从未自己买过肉，到底是黄牛肉还是什么肉，他们并不懂行，只是上前仔细端详这肉是否新鲜。

那大汉见荆轲与秦舞阳意有迟疑，遂将案板上的那块约有五十斤重的肉一把掀了起来，说道：

"看看，新鲜吧。不信，可以闻一闻。"

秦舞阳一听，果然上前用鼻子闻了闻，点点头。

荆轲见此，遂对那大汉说道：

"来五斤吧。"

"看二位客官的样子，就不是一般人。你们都是壮士，就是一人吃个十斤肉，也是不在话下的。"

荆轲听了，犹豫了一会儿，心想，你这不是故意怂恿俺们多买吗？这年头吃得起肉的人也少，他的肉摊恐怕生意并不好，所以才这么热心地招揽生意吧。

秦舞阳看着荆轲，那大汉也看着荆轲。荆轲想了想，说道：

"那就一共来十斤吧。"

"一人五斤，也够吃了。"秦舞阳说道。

那大汉见二人都表态了，遂拿起案板上的屠刀，从旁边切了一块，然后放在衡器上称了一称，说：

"正好十斤。"

荆轲心里纳闷，你的刀法那么准确，一刀下去，就不多不少十斤？

正当荆轲心中起疑时，秦舞阳伸手接过那大汉递过来的肉。他不认识韩国的衡器，但是，他能掂量出分量。于是，就将肉从这只手换到另一只手，不断地掂量。最后，他确认分量不够。于是，将肉往案板上一摔，说道：

"你这肉不够分量，缺斤少两。"

那大汉顿时火起，道：

"你的手又不是秤，怎么说俺缺了你的斤两？"

秦舞阳见那大汉竟然敢对自己发火，遂提高嗓门吼道：

"俺的手就是秤，你明明是缺斤短两了，还有道理吗？"

"吃不起肉，就不要假充有钱人。"大汉话说得比较难听了。

秦舞阳哪里见过这么横的人，火气腾地一下就上来了，"当啷"一声，就从腰间抽出了长剑。

那大汉一见，毫不示弱，立即抢起屠刀跳过案板，就准备迎战了。

荆轲一见，连忙拽住秦舞阳，同时从袖中拿出一锭小散金，扔到大汉的肉案上，拎起那块肉，拉着秦舞阳就离开了。

秦舞阳不服气，也不理解荆轲之所为，遂一路走一路骂。荆轲并不搭腔，只顾拽住他的胳膊往前走。

到了客栈，荆轲将肉交给老板，吩咐他代为烹饪。然后，就拉着秦舞阳进了客房，关好门后，大声呵斥秦舞阳道：

"太子殿下让我们干什么去的？"

"去刺杀……"

未等秦舞阳将"秦王"二字说出，荆轲连忙上前用手捂住了他的嘴巴，恨恨地说道：

"真是猪脑袋！"

"你不是问俺吗？"秦舞阳怒目圆睁，无限委屈地望着荆轲。

荆轲摇摇头，一脸无奈。良久，放缓语气说道：

"你十二岁就敢杀人，打抱不平，精神可嘉，勇气过人。但是，有些事不能只靠勇气与胆量，还要靠头脑，靠机智。如果今天我不拽住你，你为了一点肉的斤两而与人厮杀，他杀了你，我们的任务怎么完成？不能完成任务，我们怎么对得起太子殿下的知遇之恩？如果你把他杀了，现在这阳翟已是秦国的地方了，受秦国法律管辖。秦律之严苛，你可曾听说过？"

"俺哪里想到那么多？"秦舞阳气鼓鼓地说道。

荆轲见此，知道他仍不服气，遂继续语重心长地说道：

"男子汉大丈夫，要能屈能伸。该忍的时候一定要忍。有些事，暂时退让一步，虽然丢些面子，却能赢得广阔的人生回旋空间。留得有用之身，方可将来有用武之地。"

说到这里，荆轲看了看秦舞阳，见他低着头，似乎有些觉悟了。于是，进一步开悟道：

"每个人都有脾气，情绪都可能失控。但是，我们要学会控制。匹夫与圣贤的区别，就在于善不善于控制情绪。匹夫遇事会感情用事，不加思考，行动起来就会莽撞。而莽撞的结果，必然会铸成大错。圣贤则不然，他们遇事会冷静思考，控制情绪，沉着应对，三思而后行。如此，他们怎么会铸成大错呢？不会铸成大错，他们就有机会做成大事，成为圣贤。"

"这个道理俺也懂的。只是谁能做得到呢？能做到的，恐怕也不是你我之辈吧？"秦舞阳不以为然地说道。

荆轲见秦舞阳仍然没有从思想深处醒悟过来，于是只得继续耐心地说道：

"不错，你我都是平凡之人，不是圣贤。但是，我们现在已经接受了不平凡的任务，那么就要学着做不平凡的人，学会控制自己的情绪，遇事沉着冷静。我荆轲虽是一介匹夫，是再平凡不过的人，但是我读过一些书，明白一些事理。所以，在控制情绪方面，自认为还是能做到的。"

"你能做到？"秦舞阳瞪大眼睛，吃惊地望着荆轲，满是疑惑和不以为然的神情。

"当然能做到。"荆轲毫不犹豫地回答道。

"俺怎么没见过？俺只见过你倨傲自大，整天在太子殿下面前板着脸，一言不发，故作深沉。"

荆轲见秦舞阳竟然这么看他，觉得问题很大，不得不多说一句了。不然，他不从内心服帖自己，到了秦国如何调度他？于是，顿了顿，说道：

"你没见过，那是因为你在江湖上还不是个人物。你说我荆轲做不到，那我就说两个故事给你听听。"

"好哇！"秦舞阳顿时来了精神。

"大约五六年前，我到赵都邯郸游历，与赵国人鲁句践博戏，起了争执。鲁句践对我大声呵斥，而我却选择离开，未置一言。后来，江湖上人都认为是我的剑术不及他，才甘心受辱的。其实，大错特错。我的剑术虽不敢言精，但肯定要高出鲁句践很多。我之所以甘心受辱，是因为觉得这是一件小事，不值得与他争执，更不值得与他拔剑相向。"

秦舞阳听到此，顿时来了兴趣，遂连忙问道：

"那第二件呢？"

"那是更早一些年的事了。我因慕剑术家盖聂之名，专程前往榆次拜访他，想跟他切磋剑术。但是，没谈几句，他就觉得我不行，用眼瞪了我一下。可能是因为当时我是一个无名之辈，他没把我瞧在眼里。"

"那你怎么样？"秦舞阳又问道。

"我转身就走了，而且立即离开了榆次。据说，我走后，盖聂觉得做得有些欠妥，派人去追我，但是没能找到我。就是找到我，请我回去，我也不会回去的。"

"不过，盖聂确实是天下著名的剑术家，当时你绝对不是他的对手吧。"

"这个我不清楚，我没有跟他交过手，不敢说。但是，有一点我可以说，我在应该忍的时候忍了，所以才有受命于太子而担大任的今天。如果我冒昧鲁莽，恐怕就等不到这一天了。"

"你这两个故事，并不能说明什么问题。因为直至今日你还没有成就一番大业，当然不能说明你的忍让就是对的。"

荆轲见秦舞阳仍是不以为然，遂又接着说道：

"也许你说的对。那好，我现在就给你说一个成功的例子。"

"什么成功的例子？"秦舞阳又来精神了。

"越王勾践卧薪尝胆的故事，听过吗？"

"什么？"秦舞阳一脸茫然地问道。

荆轲见此，不禁莞尔一笑，道：

"这就是不读书，没见过世面的结果。连这样著名的事例都没听说过，怎么会不狂妄自大？"

"俺是没文化，那你有文化，就说说看啊！"秦舞阳仍然对荆轲的话不以为然。

荆轲看了看秦舞阳那种无知而自得的样子，先摇了摇头，然后说道：

"大约是两百六十多年前，南方有两个国家，一个叫越国，一个叫吴国。两国毗邻而居，本来倒也相安无事。当时越国的国王是允常，吴国的国王是阖闾。越王允常死后，其子勾践继位。吴王阖闾见勾践年少，越国又是国丧无备，遂趁机起兵攻打越国，企图一举吞并越国。"

"结果怎么样？"秦舞阳兴味盎然地问道。

"吴王阖闾乘人之危的行径不得人心，越国军民在勾践的率领下同仇敌忾，奋死抵抗，最终打退了入侵的吴军，并射伤了吴王阖闾。阖闾中箭后，因年事已高，回国后不久就死了。临死前，他将儿子夫差叫到跟前，叮嘱他不忘国耻，一定要灭了越国，为他报仇。"

"那夫差做到了吗？"秦舞阳又津津乐道地问道。

"夫差即位为吴王后，为了不忘国耻，为了砥砺斗志，他让宫人与士卒在他每天经过宫门时都大声地喊道：'夫差，你忘了父王的耻辱吗？'夫差流着眼泪回答说：'不敢忘。'他一边鼓励生产、发展经济，一边让从楚国投奔来的两个能臣伍子胥与伯嚭帮助训练军队。经过三年的充分准备，夫差觉得差不多了，遂亲率大军向越国发动了进攻。"

"那结果怎么样？"。

荆轲看了看秦舞阳那急切的样子，故意顿了顿，然后才从容说道：

"越王勾践也有两个能臣，一人叫范蠡，一个叫文种。范蠡劝勾践不要跟吴国人硬碰硬，只需守城就好。但是，勾践不听，亲率大军迎击。结果，太湖一役，越国水师几乎全军覆灭。越王勾践率领五千残兵败将仓皇逃到会稽山上，却又被吴军团团围困。这时，越王勾践才后悔当初没有听从范蠡之言。范蠡说：'现在后悔也无用了，赶紧向吴国求和吧。'于是，就派大夫文种去向吴王求和。"

"吴王同意了吗？"秦舞阳又急切地问道。

"吴王夫差本想同意，但伍子胥坚决反对，认为不能给越国喘息的机会，否则遗患无穷。文种没办法，只得回去。但回去后，探听到吴王夫差的另一个重臣伯嚭是个贪财好色之徒，遂收集了一批珍宝与美女贿赂伯嚭。结果，经过伯嚭的一番花言巧语，吴王夫差竟然同意了越王勾践的求降。但是，附带一个条件，要越王勾践到吴国为奴。"

"这太过分了吧。那越王同意吗？"秦舞阳激动地说道。

"当然同意。这才是越王勾践！忍辱负重，才能成为一代霸主啊！"荆轲不假思索地回答道。

"这话怎么讲？"秦舞阳不解地问道。

荆轲摇摇头，只得继续往下说道：

"越王勾践将越国国政交给大夫文种，自己根据吴王的要求，带着王后与大臣范蠡到了吴国做奴服苦役。在吴国三年，勾践给过世的吴王阖闾守过坟，给夫差喂过马，每天还要给夫差脱履，服侍其如厕。夫差生病时，他还给他观察粪便，了解病情。甚至有一次还亲尝吴王夫差的粪便。正因为如此，吴王夫差相信了越王勾践。

三年苦役期满，就放他回到了越国。"

"越王勾践受到这么多屈辱，他还怎么回国面对父老乡亲呢?"秦舞阳又问道。

"勾践回到越国后，与文种、范蠡等抱头痛哭，立志报仇雪耻。为了激励自己的斗志，时刻不忘在吴国所受的屈辱，他睡觉不睡铺，而是睡在乱柴乱草堆里，使自己夜夜难以安眠;吃饭的地方挂个苦胆，每到吃饭时先尝苦胆。这就叫卧薪尝胆。"

"哦，原来是这样。"秦舞阳这才恍然大悟。

"为了鼓励生产，越王勾践率先垂范，不仅顿顿吃粗粝食物，身着粗布衣，而且还与百姓一起耕种。又让王后率领越国妇女养蚕织布。为了增加人口，越王勾践还制定了相关奖励措施。通过十年生聚、十年教训，越国终于再次强大起来。为了彻底打败吴国，越王勾践除了发展经济，增强国力外，还在政治与外交上采取了一系列措施。"

"有哪些措施?"秦舞阳更加好奇了。

"为了麻痹吴王夫差，勾践不断地贿赂他;为了掏空吴国的仓储，大量收购吴国的粮食;为了使吴国劳民伤财，勾践故意不断给吴王进贡好木材，让其大兴土木，大修宫殿;为了除掉吴国贤臣伍子胥，勾践不断派人到吴国散布谣言，离间吴王夫差与伍子胥的关系，最终伍子胥被夫差所杀;为了消磨吴王夫差的斗志与精力，荒废朝政，加速吴国的灭亡进程，勾践送美人西施入吴。最终，趁吴王夫差率师参加黄池会盟之机，突袭吴国成功，逼迫吴王夫差自杀身亡。吴国亡国，越国成为当时的霸主。"

秦舞阳听完越王勾践卧薪尝胆、忍辱负重的故事后，终于明白了荆轲所说的道理，遂惭愧地低下了头。

2. 咸阳求托

在阳翟休息一天后，第二天一早，荆轲与秦舞阳就起身准备上路。在车夫套车的时候，秦舞阳突然说道：

"俺们从蓟城到阳翟，虽然路不多，却走了一个月零一天。这样下去，俺们何时才能到达秦都咸阳？再说了，现在天气冷……"

荆轲立即明白秦舞阳想说什么，知道他想说樊於期首级的保存问题，遂连忙打断他的话，道：

"知道了。我们还是弃车骑马吧。"

"这样最好，能在最短的时间内到达咸阳。"秦舞阳点头说道。

"快上车将行李收拾一下背上。"

荆轲一边说着，一边自己先跃上马车，首先就将樊於期的首级与督亢地图用包袱布包好，背在了自己的背上。这个是最重要的，他自己保管才放心。秦舞阳上车后，则将重要的日用东西捆扎了一些背在身上。

二人收拾停当，跳下马车。荆轲对车夫说道：

"你将太子殿下的马车赶回去，我们自己买马往咸阳。"说着，荆轲从袖中掏出一些金子给了车夫。

打发了车夫，荆轲又向客栈老板打听了一下马市场所在，然后就与秦舞阳直奔马市。挑选马匹，二人都是内行。

挑选好马匹，二人便策马扬鞭，直奔秦都咸阳而去。

秦王政二十年（前227）二月二十五，荆轲与秦舞阳就快马到了秦都咸阳。如果不是路上雨雪阻搁，到秦都咸阳的时间可能还要早些。

一到咸阳，荆轲就向人打听秦王招待各国使者的驿馆。凭着燕王的符节与国书，很快就在驿馆住下了。

放下行李，关好门，荆轲立即检查樊於期的首级情况。这是他每天必做的事，生怕腐烂了。还好一路上都是冰天雪地，天气奇寒，樊於期的首级等于加了天然的防腐剂，保存完好。再查督亢地图，一切完好，匕首包裹得也天衣无缝。

在驿馆稍事休息了一会儿，吃了点饭，喝了点酒，暖了暖身子。虽然身体更显疲乏，但荆轲还是强打精神，问了驿馆主事者秦王宫的方位，然后就与秦舞阳一起出了门。一方面是熟悉一下明日往秦王宫的路线，另一方面看看秦都咸阳的街市布局，了解一下秦国的风土人情，因为他们二人都从未来过咸阳。

二人日中时分出门，一路走一路看。因被秦都阔大整齐的街道与恢弘的建筑所吸引，不知不觉间，两个多时辰就过去了。直到日暮时分，才在暮色中找到秦王宫。站在秦王宫的台阶下面，仰望夕阳余照中巍峨的秦王宫，荆轲与秦舞阳都情不自禁地屏息肃立。

荆轲站了一会儿，看看时间不早了，知道很快就要宵禁了。于是连忙催促呆在那里的秦舞阳道：

"快点回去了，必须赶在宵禁前回到驿馆。秦国法律严苛，非同儿戏。"

秦舞阳好像没听见，仍在仰头观望巍峨的秦王宫建筑群，嘴巴张得老大。

"没见过王宫啊？快回去了。"荆轲一边说，一边伸手拽了秦舞阳一把。

其实，荆轲没说错，秦舞阳还真的没见过王宫。他自十二岁杀人潜逃，一直都是流浪于乡间僻远之地，甚至没有进过大城。后来，因为太子丹招引武士，他才得以进入太子府，算是见了点世面。但由于太子丹养士是用于秘密刺秦，所以秦舞阳进了太子府后，就从未出过太子府，以致燕王宫都未曾见过。今天突然看见这等壮观巍峨的秦王宫，叫他如何不看得目瞪口呆，惊奇万分呢？

顺着来时路，二人紧赶慢赶，总算在宵禁前回到了驿馆。晚饭都没来得及吃，二人便早早歇息了。因为明日有大任，必须充分休息好，以保持充沛的精力。

一夜无话。

第二天一大早，荆轲与秦舞阳便起来漱洗整刷，因为要去晋见秦王，必须衣冠楚楚。这既是礼节，也是燕王使者的体面。

简单地用过早餐后，荆轲又认真检查了两件宝贝，就是樊於期首级与督亢地图。然后，又将燕王的符节与国书拿出来仔细看了看，再小心地放好。

一切准备停当，荆轲便捧着督亢地图与燕王符节气宇轩昂地走在前头，秦舞阳则捧着樊於期的首级跟在后面。

大约半个时辰，二人就到了秦王宫前。循着长长的石阶，二人庄重而严肃地一步一个台阶地拾级而上。到了宫门口，看到两边并列对称地站着八位高大彪悍的秦国武士，其盔甲鲜明，仪态庄严而又威武，让人不寒而栗。秦舞阳虽然平时喜欢要横，动辄拔刀动剑的，但今日见到秦王宫前的这个阵容，明显内心产生了畏惧，手上捧着的樊於期首级的匣子也有些微微抖动。荆轲回头看了他一眼，给他壮了胆后，他才渐渐恢复了平静。

荆轲瞅了瞅秦王宫前分排站立的八位武士后，从容镇定地向右边一排的第一个武士走了过去。施礼毕，不卑不亢地说道：

"官爷，劳驾禀报秦王殿下，就说燕王正副特使荆轲、秦舞阳奉燕王之命求见，有重要礼物敬献。"

那武士看了看荆轲，见其仪容端庄，气宇轩昂的样子，说话也很得体，遂点了点头，转身往宫门里去了。

荆轲与秦舞阳的眼睛跟着那武士的身影，直勾勾地看着，但是不一会儿，武士出来了，回答道：

"秦王今日不见客。"

荆轲正想再央求一下，可是那武士威武地一挥手，示意他们赶快离开。

荆轲见此，只得转身，带着秦舞阳捧着两只匣子，慢慢地离开了宫门口。

走下台阶，二人都情不自禁地回首看了一眼台阶上方那巍峨的秦王宫。虽然近在咫尺，却就是进不去。虽有燕王的符节，仍然没有用。

呆呆地站立了一会儿，荆轲只得惆怅地带着秦舞阳离开了秦王宫，往驿馆而去。

"要是没法见到秦王，或是短时间内不能见到秦王，那樊将军就是白死了。"回到驿馆，刚放下樊於期首级，秦舞阳就泄气地说道。

荆轲没有吱声，只是默默地摩挲着装着督亢地图与匕首的匣子。

秦舞阳见荆轲这个样子，本来想对他发的牢骚与不满，也只得强忍着咽了回去。

过了好一会儿，荆轲突然从席上爬起来，对秦舞阳说道：

"你看好这两样东西，我去找找人。"

"你去找谁？你又没来过咸阳，能认识谁？"秦舞阳不以为然地说道。

"不要问那么多。"荆轲丢下这句话，就走了。

大约过了半个时辰，荆轲回来了，笑意写在眼角眉梢，藏都藏不住。

秦舞阳虽是粗人，但荆轲的这种表情，他还是能够观察得出的。于是，连忙问道：

"找到人了？"

荆轲点点头。

"是什么人？"

"一个楚国的使者。"

"楚国使者？楚国使者也来了？他见到秦王了吗？"秦舞阳急切地问道。

"当然见到了。"

"那秦王为什么见他，而不见俺们呢？是不是因为楚国大，而俺们燕国小，欺负人？"秦舞阳道。

荆轲听了秦舞阳的话，不禁莞尔一笑。

"你笑什么？俺说的不对吗？秦王这不就是势利眼吗？"

荆轲又是一笑，道：

"秦王还需要什么势利不势利吗？而今的天下，就数他最大了。楚国虽大，但实力早就不及秦国，早就臣服于秦国了。"

"既然这样，那么秦王为什么独独见楚王之使，而不见燕王之使呢？"

荆轲看了秦舞阳一眼，心想他真是一个有气力无头脑的匹夫。于是，只得跟他明说道：

"要见秦王，必须托人。"

秦舞阳一听，瞪大眼睛望着荆轲，半天才回过神来，问道：

"俺们持燕王符节见秦王，这是公事、国事，还要求人情吗？"

荆轲无奈地一笑道：

"正因为我们长期行走于江湖之上，不在官场上行走，不懂得官场规矩，不知道在官场上凡事都是要托人情的。所以，今天我们求见秦王才会碰壁。"

"哦，原来是这样。"秦舞阳恍然大悟似的望着荆轲说道。

"太子殿下送给秦王的那颗珠子带了吗？"沉默了一会儿，荆轲突然若有所悟地问道。

"反正太子殿下放在马车上的礼物，俺都收在一个大包袱里了。"秦舞阳答道。

"那赶快清理一下，找出那颗珠子，那可是个价值连城的宝物。"

"既然是价值连城的宝物，那今天俺们求见秦王时您怎么不叮嘱俺带上呢？"秦舞阳不解地问道。

"我是一时忘了，现在虽然想到了，我倒不想献给秦王了，有樊将军的首级与督亢地图，秦王就足够高兴的了。他哪里还在乎什么宝物，整个天下都是他的了。"

"那您准备把珠子自己吞下了？"

"我要珠子干什么？那样对得起太子殿下对我们的知遇之恩吗？荆轲难道是那种见利忘义的小人吗？"荆轲不免有些生气了。

秦舞阳见此，连忙说道：

"俺绝对不会认为您是这种人，只是不明白，既然太子说这颗珠子是送给秦王的，那您留着干什么？"

"你真是猪脑子！我不送秦王，难道还不能送给别人吗？"

"那你准备送给谁？"秦舞阳仍然一头雾水。

"刚才跟你说了那么多，你怎么还不明白呢？俺不是说过，见秦王要托人情吗？"

"那您有要送的人吗？"秦舞阳又问道。

"当然没有。"荆轲忧虑地说道。

"那为什么不问问楚国使者呢？他送给谁，俺们也送给谁，不就好了吗？"秦舞阳不假思索地说道。

荆轲一听，恍然大悟道：

"对对对，我怎么就忘记多问一句呢？你赶快把那颗珠子找出来，我现在就去楚国使者那里问。"荆轲一边说着，一边就从席上爬起出门了。

不多一会儿，荆轲就兴冲冲地回来了。

"问到了？"秦舞阳问道。

"问到了。"

"是谁？"

"秦王面前的大红人蒙嘉。"

"蒙嘉是什么人？"秦舞阳问道。

"蒙嘉官居中庶子，是秦王第一大将蒙骜的兄弟。他们二人一文一武，都深得秦王的宠信。据楚国使者说，不论是六国使者想见秦王，还是秦国众臣想升官晋爵，都要走蒙嘉的门路。"

"哦，原来这样。那俺们明天就去给他送礼吧。珠子已经找到了，完好无损地放在包袱里。"秦舞阳说道。

第二天一大早，荆轲就起来准备，吩咐秦舞阳在驿馆好好看护行李，自己独自带着太子丹准备进献给秦王的那颗大珠子，背着装有樊於期首级的匣子，就往中庶子蒙嘉府上而去。

按照楚国使者所指引的路线，荆轲很快就找到了蒙嘉的府第。又依据楚国使者所教的方法贿赂了一些金子给蒙嘉府上守门与通报的当值，很快就见到了蒙嘉。

"蒙大人，这是燕太子恭呈给您的一点心意。"一见蒙嘉，未及蒙嘉让座，荆轲就一边说着，一边膝行至蒙嘉面前，恭恭敬敬地将那颗大珠子呈上。

蒙嘉看了看荆轲呈上的精美匣子，似乎不屑一顾，随手推到了一边。

荆轲一见，连忙说道：

"蒙大人，这是我们太子费尽心力才觅得的一颗珠子，据说价值连城。"

蒙嘉一听荆轲这话，立即为之心动。但仍然装得非常矜持，没有立即伸手去打开匣子。

荆轲心知其意，遂连忙膝行至他面前，小心翼翼地打开了匣子，让那颗珠子璀璨的光芒直接闪耀于他的眼前。

果不其然，蒙嘉一见，立即眉毛一动，一丝笑意写在了眼角。情不自禁间，便伸手从匣子中拿出了珠子把玩起来。

把玩了好久，蒙嘉这才头也不抬地问道：

"燕太子还好吧？"

"托大人的福，我家太子一切都好。"荆轲连忙答话道。

"我与燕太子还是有一点交情的。"

"是是是。我家太子一直念叨着您的好呢！"

蒙嘉知道荆轲这话只不过是客气话，但还是高兴地点点头。

荆轲见蒙嘉态度即之可温，知道火候已到，遂连忙上题道：

"秦师天下无敌，诸侯万邦无不望风而靡。燕王畏慕秦王之威，不敢兴兵以拒秦师，愿举国而为臣，比照诸侯之例，给贡职如郡县，奉守先王宗庙足矣！燕王畏秦王天威，恐惧不敢自陈，谨斩樊於期之首，并献燕之督亢地图，遣使拜送于秦王之庭，以听秦王之命。"

蒙嘉一听荆轲不仅要向秦王缴送樊於期首级，还要献燕国督亢地图，差点高兴地跳起来了，连忙问道：

"果然有樊於期的首级？"

"在大人面前，岂敢戏言？"荆轲连忙回答道。

"这个反贼，大王恨他恨得牙痒痒，恨不得食其肉，寝其皮。他潜逃后，大王曾悬赏购其首千金，邑万家。"

荆轲见蒙嘉咬牙切齿的样子，连忙说道：

"燕王知秦王切齿而恨樊於期，遂设法斩得他的首级献于秦王。燕王怕首级腐烂不可辨认，特命臣等快马加鞭，冒寒冲雪而送之咸阳。望大人尽快禀报大王，以便臣等缴呈樊於期首级。"

"樊於期首级是否带来？是否可以让本官看看？"

荆轲一听，心中大喜，果然如预料的那样。如果今天不带樊将军首级来见，蒙嘉可能还不会相信自己。既然他要看看，不妨让他看个清楚。于是，一边连忙将装有樊於期首级的匣子恭恭敬敬地呈上，一边说道：

"请大人过目。"

蒙嘉小心翼翼地打开木匣，猛然看到怒目圆睁的樊於期头颅，吓得在席上连滚带爬，一直退缩到堂角。半天，才缓过神来，对荆轲说道：

"快封存起来！快封存起来！"

荆轲心中一乐，心想，见到樊将军的头颅他都吓成这样，要是见到活着的樊将军，那他不当场吓死啊！于是，连忙将木匣封装好。

稳了稳神，蒙嘉才恢复了常态，又一本正经起来，对荆轲说道："那督亢地图呢？"

"大人，督亢地图是燕王亲手封函的，臣等不敢拆封，留在驿馆，没敢带来。等面见大王后，再当面呈献吧。"荆轲不假思索地回答道，因为他早就想好了说辞。

"哦，既然如此，那就届时请大王自己验看吧。"

荆轲见这一关绕过去了，连忙说道：

"大人，您看臣等何时能见到秦王？"

"就在这两天吧。你先回驿馆候着，等本官禀报了秦王后，约好时间，再宣燕王之使晋见。"

"谢大人！"荆轲一边说着，一边躬身施礼退出。

3. 行刺秦王

秦王政二十年（前227）二月二十八，秦王嬴政举行了盛大的仪式，盛服临朝，设九宾，宣燕王正副特使荆轲与秦舞阳晋见。

秦王嬴政之所以如此大动干戈，并非是看重荆轲与秦舞阳本人，也不表明他把燕王当回事，而是有一种政治宣示的意味。他想通过这一盛大的仪式，向魏、齐、楚三国之王传递一个信息，与秦国抗衡没有出路，唯有像燕王一样主动纳土献图，才是明智的选择。除了这层政治含义外，还有另一层意蕴，就是通过接受樊於期的首级，告诫秦国将帅群臣，顺我者昌，逆我者亡。若有如樊於期之徒，则必死无葬身之地。

已时未到，荆轲与秦舞阳就已到达秦王宫前。但是，距离秦王宫还有三百步远的时候，就遥见有黑压压的一片人群。抵近一看，原来都是盔甲鲜明的秦国将士，正列队立于王宫之前。在通往王宫的那条长长、高高的宽大台阶上，相向站立着三组共六列甲士。每隔三级台阶就立有一位，个个高大威猛，面无表情。

荆轲与秦舞阳走到台阶前，看到这种阵势，不免心中有些紧张。荆轲还算镇定，秦舞阳则明显脸露恐慌之色。荆轲吸取前几天求见秦王时的教训，先回头看了一下秦舞阳，并轻声对他嘱咐了一声：

"不要紧张，这些都是帝王的排场，是一种仪式，是做给人看的。这些威武的武士都只是一个个道具而已。做大事要沉着冷静，跟在我后面，目不斜视，记住！"

秦舞阳点点头，跟在荆轲后面亦步亦趋，真的不敢左右顾盼。

走到秦王宫前九十九级台阶的第一级时，荆轲抬头望了一眼高大巍峨的秦王宫，又扫视了一下眼前一个个冷若冰霜的秦国将士，不禁犹豫了一下。因为他不知道该从三组甲士队列中的哪一组中穿行登阶。

就在此时，猛听得高高台阶的顶端，有一人大声喊道：

"宣燕国正副特使荆轲、秦舞阳晋见。"

荆轲循声望去，见台阶顶端的正中站着一个人，猜想就是秦宫的宣令官。顿时明白了，自己是燕王特使，秦王这是以国礼相见，宣令者站在台阶顶端正中宣令，自己自然就应该从中间一组甲士队列中穿行登阶。

于是，荆轲立即回头看了一眼秦舞阳，示意他跟上。然后昂头挺胸，作气宇轩昂状，捧着装有樊於期首级的木匣，表情庄重，一步一步地拾级登阶。秦舞阳则捧着督亢地图，紧跟其后。

登上九十九级长长高高的台阶，又穿过多重宫门与宫殿，大约有烙五张大饼的工夫，荆轲与秦舞阳才在宣令官的导引下，到达秦王临朝视事的正殿。

在往正殿的途中，秦舞阳只顾低头跟在荆轲身后，不敢左右顾盼。荆轲则不时偷眼瞟瞥，只见到处都是带刀带剑的甲士肃立于两旁。穿行其中，犹如置身于剑戟之林。

在离秦王大殿还有三步之遥时，就听宣令官对殿内大声叫道：

"燕王正副特使晋见大王！"

喊声未落，就听大殿之内钟鼓齐鸣，声震屋宇。秦舞阳从未见过这种阵势，一听就异常紧张，不仅眼都不敢抬一下，而且捧着督亢地图匣子的手也一个劲儿地直抖。荆轲则镇定自若，昂首挺胸，气宇轩昂，一派燕王特使的威仪，一举一动都中规中矩。

当荆轲与秦舞阳举步正要迈入大殿时，一个司仪官走上前来，躬身施礼毕，便引导着二人去向秦王见礼。

秦王大殿是坐北朝南格局。朝北方位上，是一个高出大殿地面约一丈的大台子，约占整个大殿面积的十分之二，将整个大殿分割成殿上与殿下两个部分。殿上的正中间，是秦王的王位，高高在上。殿下部分，则是群臣上朝参政侍立的位置。如果他们要向秦王禀报政情、表达政见，则要趋近台前，仰头向上。若有奏章简牍呈送秦王过目，在得到秦王恩准的情况下，可以从台子两侧的台阶拾级而上，亲自将简牍跪呈到秦王手上。武臣走台子左侧的台阶，文臣则走右侧台阶，不可僭越。

荆轲一边跟在司仪官后面走，一边偷眼观察。只见秦王已经坐在殿上高高的王位上，让人一望就有一种拜倒脚下的威严感。再看殿下，秦国文武大臣整齐排列，武在左，文在右，个个表情庄重，静静肃立于其位。

钟鼓声歇，司仪官站在台子右侧的台阶下，高声叫道：

"大王有令，宣燕王特使上殿献樊於期首级和燕国督亢地图。"

司仪官话音未落，殿下秦国文武众臣立即山呼"万岁"，钟鼓之声再起。站在荆轲背后的秦舞阳再次惊恐万状，捧在手上的督亢地图匣子差点掉落。荆轲怕秦舞阳坏了大事，在抬脚上阶时，装着不经意的样子，回头对秦舞阳使了个眼色，让他镇定。但是，跟在后面的秦舞阳仍然双手直抖。殿下的秦国大臣都瞪大眼睛，面露讶异之色，但却没人敢说话。

　　二人奉匣依次上殿后，荆轲小步快趋，秦舞阳低头紧跟其后。在距离秦王还有十步之遥时，荆轲就给秦王行君臣跪拜大礼。然后，将装着樊於期首级的木匣高高举过头顶，膝行而至秦王座前。

　　"献上来。"秦王的声音虽然不大，却如炸开的春雷响彻了大殿，从众臣头顶隆隆滚过。

　　荆轲闻命，立即将木匣从头顶放到秦王脚下，慢慢打开，再小心翼翼地取出樊於期的首级，捧在手上，让秦王近看。

　　秦王不看则已，一看真是樊於期的首级，而且还是怒目圆睁的样子，顿时面露惊惧之色，下意识地往王位后面挪了挪身子。荆轲知道，秦王这是被樊将军的首级吓着了，但却故意不放下，仍然捧在手上。

　　过了好一会儿，秦王才从惊吓中慢慢镇静下来，对荆轲挥了挥手，道：

　　"封好吧。"

　　荆轲这才遵命将樊於期的首级重新放回木匣，然后封好。

　　"献督亢地图。"秦王又命令道。

　　荆轲闻命，立即转身示意站在身后的秦舞阳将督亢地图递过来，却见他双腿发抖，捧着地图的双手也在不停地抖动。

　　秦王偶然抬头见到，立即警觉地盯着秦舞阳，问道：

　　"怎么啦?"

　　荆轲一见，立即对秦王莞尔一笑道：

　　"让大王见笑了！东北蛮夷之鄙人，未曾见过天子。今猝然而睹大王之天颜，畏大王之天威，不能自持。望大王有所假借，予以宥谅，令其毕使臣之责。"

　　秦王见荆轲说话得体，态度从容，遂毫不怀疑。顿了顿，以温和的口吻对他说道：

　　"起来吧，取督亢地图过来。"

　　荆轲一听，心中大喜，立即遵命从地上爬起，转身从秦舞阳手中接过装有督亢地图的匣子。

秦王见此，乃对秦舞阳挥了挥手。秦舞阳一见，就像大罪获赦似的，连忙转身走下了台。

就在此时，荆轲已经打开了木匣，轻轻地解开系扎地图的带子，从左慢慢地往右展开。秦王延颈而看，面露欣喜之色。就当地图快要展露无遗时，荆轲以迅雷不及掩耳之势，从地图中抽出匕首。左手顺势抓住秦王右手的衣袖，右手持匕首对准其咽喉，数其罪行说：

"秦燕二国，一处西北，一处东北，远隔千山万水，无利益之冲突，无领土之纷争。两国人民老死不相往来，鸡犬之声不相闻，风马牛不相及，你为何逼迫燕王甚急，要燕太子往咸阳为人质？"

"两国交互质子，乃为邦交，自古皆然，无可厚非。"秦王边退边说道。

"可是，燕太子与你乃少年朋友，在邯郸为患难之交。你为秦王，不仅不念旧谊，不厚待旧好，却反而百般凌辱之。今荆轲为燕太子报仇雪耻，从我者则活，逆我者则死。"

秦王已经无处可退，后背已经顶到了王位的靠背上，动弹不得了。因为事出突然，他一时惊恐得忘记求救。同时，也容不得他呼救。若是呼救，荆轲的匕首只在尺寸之间，可能瞬间便会喉断命绝。而殿下的秦国众臣，则早就惊呆了，谁也想不起要施救，也想不出施救的办法。因为按照秦国的法律，大臣上殿朝见秦王，不得持尺寸之刃。而殿下执兵器侍立的甲士，若无秦王诏令，则不得上殿。否则，不仅要受车裂之刑，还有灭族之虞。所以，大家眼睁睁地看着荆轲在殿上用利刃逼迫秦王，可就是没有办法，只能靠秦王自己与荆轲周旋了。而今在殿上的只有两个人，一是秦王王位背后屏风下时刻待命的御医夏无且，一是静静坐在屏风后面负责弹琴的琴姬。这两个人，虽在殿上，却是殿下群臣看不见的，也是殿上的荆轲看不到的。

此时，被顶到王位后背上的秦王双眼紧闭。大概他已在心里后悔了，当初为什么订下这种刑法，不然自己今天就不会面临灭顶之灾而无人来救了。

这时，又听荆轲说道：

"秦贪暴海内，不知厌足，负天下久矣，今荆轲欲为天下报仇。樊将军无罪，而你夷其全族，今荆轲要为樊将军雪恨。"

秦王等了好久，见荆轲并未动手杀自己，猜想他可能只是想胁迫自己答应燕国的一些要求而已，遂睁开双眼，说道：

"今日之事，悉听尊便。寡人死不足惜，只是希望临死前听一曲琴声，则死亦瞑目矣！"

"这个要求可以满足。"

荆轲话音未落，秦王就一边斜睨着鼻尖下的匕首，一边镇定自若地大声命令道：

"奏曲。"

话音未落，王位屏风后立即响起琴声。伴随着悠扬的琴声，便听到一个年轻女子曼声柔婉的歌声：

"罗縠单衣，可掣而绝。八尺屏风，可超而越。鹿卢之剑，可负而拔。"

荆轲一惊，他没想到屏风后竟然还藏着人。正在荆轲一愣神的瞬间，秦王看到了希望。他知道，琴声一响，荆轲的注意力必然分散，届时就可趁机一搏。

秦王一边假装认真听歌，一边则仔细观察荆轲的反应。因为女子是用秦音唱的，荆轲听不懂，所以不时有愣神恍惚的瞬间。唱到第四遍时，秦王瞅准荆轲分神的一瞬间，突然将被荆轲抓住的右手往后猛地一缩，左手以迅雷不及掩耳之势扯断了右手的衣袖。在荆轲还未及反应的瞬间，一个鲤鱼打挺，从王位上跃起，纵身从屏风上越过。

荆轲这时才知上了秦王的当，遂连忙持匕首纵身跃过屏风，追杀秦王。殿上有三根两人合抱粗的大柱子，秦王就围着三根柱子与荆轲周旋，但却情急之中忘了向殿下的群臣与侍卫求救。殿下的大臣与侍卫没有得到秦王的诏令，只得眼睁睁地看着荆轲在殿上追得秦王团团转。

正在这时，又听刚才那个弹琴的女子高声反复地唱道：

"鹿卢之剑，可负而拔。"

被荆轲追得上气不接下气的秦王，一听女子反复唱着这句，顿时醒悟过来。于是，一边在殿上奔跑，一边伸手往后拔剑。可是，拔了很多次，都没有拔出来。

这时，突然殿下有一个大臣高声喊道：

"王负剑！王负剑！"

这是秦国话，意思是说，大王反手从背后抽剑。秦国群臣都明白，于是大家一起喊道：

"王负剑！王负剑！"

荆轲听不懂这提示秦王的话，却听到了秦国群臣声震屋宇的喊声，顿时乱了方寸。因为他擅长的是长剑，又无轻功，因此在局促的秦王大殿上无从施展，只能握着仅有的短刃匕首追杀秦王。

就在荆轲心志有些混乱之时，秦王却慢慢镇定下来，一边继续围着三根柱子转，一边反手从背后抽出了背着的长剑。由于被柱子挡住了视线，荆轲没有发现秦王已经拔出了长剑，并握在了手上。他以为，秦王仍是手无寸铁，只要抓住秦王，就能用带毒的匕首立刻让他死在殿上。

毕竟这个大殿是秦王每天坐朝听政的地方，对这里的地形也熟悉，小小的空间内，秦王更能游刃有余。又与荆轲周旋了一会儿后，秦王突然躲到了一根柱后不动了。荆轲心中大喜，以为秦王体力不支，跑不动了，只好束手待毙。遂连忙赶上一步，准备伸手去抓躲在柱后的秦王。

可是，万万想不到的是，他的左手刚刚伸出，右臂就被突然从背后上来的秦王御医夏无且掷过来的药囊击中。"当啷"一声，右手握着的匕首掉到了地上。

荆轲愣了一下，连忙弯腰去捡掉到地上的匕首。就在此时，秦王挥剑上来，出其不意，斩断了他的左腿。

这时，荆轲虽然捡起了地上的匕首，却无法奔跑了。情急之下，他背倚柱子，瞄准奔跑的秦王，将手中的匕首掷过去。可是，却差了分毫，匕首插入了柱子上。

秦王见此，哈哈大笑，立即持剑返身要来斩荆轲。

荆轲拖着断腿，围着柱子与秦王周旋。最后，他咬紧牙关，单腿跳跃，奔到匕首插入的柱子前，试图拔下柱子上的匕首再掷秦王。可是，由于刚才用力过猛，匕首已经深深插入柱中，怎么拔也拔不出来。

秦王一见，又是哈哈大笑。笑声未绝，已挥剑上前斩断了荆轲的右腿。荆轲立即瘫倒在地，倚着柱子不能动弹。秦王遂又挥剑上前，斩断了他的两条胳膊。

荆轲自知大势已去，事不可成，遂倚柱而笑，箕踞而骂道：

"今日之事不成，乃欲生劫竖子，约契以报燕太子。早知竖子无信，轲以剧毒之匕首，立毙竖子可矣！呜呼，轲因轻忽，遂为竖子所欺，燕国之不报，我事之不立哉！"

说完，荆轲大笑不止，声震屋宇。不过，那笑声在秦国群臣听来，总觉得不像是笑，更像是椎心泣血的哭，听了让人心里发毛。

秦王斜睥了荆轲一眼，将带血的长剑插入剑鞘，以胜利者的姿态，重新坐回高高的王位，高声说道：

"来人！"

殿下环侍的甲士立即闻声趋前，在秦王台下站成了一排。

秦王扫视了一眼殿下的群臣及侍卫，然后厉声喝道：

"将这两个燕国的刺客拖出去五马分尸，暴尸三月，传示天下。"

踞坐于殿上的荆轲，听了秦王的话，神色依然，毫无畏惧之意，继续倚柱而骂。而立于殿下的秦舞阳，则早就瘫倒在地。

荆轲与秦舞阳被拖出去后，秦王又高声说道：

"夏无且听命！"

夏无且立即从屏风后转出来，跪倒在秦王面前，道：

"微臣夏无且在此，谨听大王之命。"

秦王用温情的眼神看了看跪在面前的夏无且，却眼望殿下群臣与侍卫，高声说道：

"无且爱我，忠心可鉴。赏黄金两百镒。"

夏无且谢恩后，退到屏风之后。

秦王又高声说道：

"琴姬听命！"

琴姬从屏风后转出，小步趋前，跪倒在秦王面前。

秦王低头看了她一眼，以少见的温婉口吻说道：

"抬起头来，让寡人看看。"

琴姬遵命，仰头看了一眼坐在高高王位之上的秦王。虽然她每日都在王位屏风之后弹琴，但却从来没敢抬头看过秦王一眼。

秦王见她眉清目秀，举手投足之间优雅有礼；抬头低头之间，更有一种不胜娇羞的风韵，遂心生喜爱之情。情不自禁间，便多看了她几眼。顿了顿，有意提高声音，好像是故意说给殿下的秦国众臣听的：

"琴姬虽是一介女子，不仅有着过人的智慧，而且关键时刻能够沉着冷静，提醒寡人绝袖超屏、反背抽剑，真天下少有之奇女子也！即日起，琴姬便是寡人之贵妃。"

琴姬立即伏地谢恩。

殿下众臣则一片沸腾，高呼万岁。

尾 声

秦王政二十年，燕王喜二十八年（前227）三月底，荆轲刺秦王失败的消息传遍了整个山东六国，当然也传到了燕国之都蓟城。

燕王喜接获消息后，惊恐万状，连夜传唤太子丹与太子太傅鞠武。

"秦乃虎狼之国，秦王比虎狼还要狠戾，你竟然瞒着为父私养死士，蓄谋甚久。而今荆轲与秦舞阳刺杀秦王失败，秦王必倾起大军压境而来。魏、赵、楚、齐四国曾经是何等强大的国家，而今或亡或衰，谁也不敢将强秦之虎须。燕乃区区小国，岂是强秦之对手？而今灭顶之灾至矣，何计以应之？"燕王喜一见太子丹，就斥责道。

"大王，这也不能完全怪罪太子殿下。"

没等鞠武把话说完，燕王喜立即打断他的话，愤怒地呵斥道：

"都是你教导无方，惹出如此大的祸患。燕国万民马上就要大难临头了，你还说不能怪罪太子，那你说应该怪谁？"

鞠武本来想先给太子丹辩护一番，然后再为自己开脱一下，而今见燕王如此暴怒，只得三缄其口，伏地叩首，反复说道：

"臣罪该万死！"

燕王喜仍然余怒未消，又对太子丹怒喝道：

"大丈夫能屈能伸，该忍的一定要忍，不能意气用事。当年越王勾践若非委曲求全，岂能成就霸业？你在咸阳为人质，受点委屈有什么了不起？难道比越王勾践侍候吴王牧马做奴、侍病尝粪还要屈辱吗？"

"太傅也曾跟儿说过这些，但儿只是出于一时愤怒，觉得儿之屈辱并非个人之屈辱，而是燕国之屈辱，父王之屈辱，所以才效仿昔日曹沫劫持齐桓公而收复鲁国失地之旧事，蓄死士以报于秦王……"

未等太子丹说完，燕王喜就喝断了他，厉声训斥道：

"此一时也，彼一时也。今日之秦，非昔日之齐；今天之秦王，亦非当年齐桓公也。"

太子丹被燕王喜骂得狗血喷头，只得唯唯诺诺地退下。

燕王喜于是又连夜召集燕国所有文武大臣，集聚朝堂之上，商讨应对之策。

可是，大家议来议去，没有一个可行的应对之策，只得仍按原来的策略，结好亡国的赵公子嘉，与他这个自立为代王的赵国残余势力联合，共同应对即将挥师而来的秦国大军。

果然不出预料，这年五月底，秦王嬴政派遣大将王翦与辛胜率二十万大军，越过早已被占领的赵国之地，经中山国往东，先在易水之西击溃了燕、代二国联军，之后挥师继续东进，向燕国之都蓟城发动了强攻。

燕王喜一边派太子丹率燕国主力坚守蓟城，一边遣人联络代王嘉被击溃的军队，从外围策应牵制秦师。这样，凭城坚守了五个月。到了十月底，北国的冬季已经来临。秦师远道来犯，水土不服，只得停止进攻。

到了第二年（即秦王政二十一年，前226）五月，秦师又继续围攻燕都，六月底最终攻破了蓟城。但是，在蓟城被攻破之前，燕王喜与太子丹已经率领燕国精兵突围出去了。不久，燕王喜向东收取了辽东郡的地盘，在那里继续称王。

秦王闻报，又派大将李信率兵继续追击燕王喜，并要求斩得燕太子丹之首。代王嘉闻之，乃遣使致书燕王喜道：

"秦王之所以追迫大王甚急，皆因太子丹之故。今大王若杀太子丹，以首级献于秦王，则燕国社稷尚可保也，燕王血食或可存也。"

燕王喜不忍，犹豫不能决。李信则继续率师穷追太子丹，太子丹无法，乃匿于衍水中。最后，燕王觉得形势危急，遂遣使斩得太子丹之首而献秦王。但是，秦王得到太子丹首级后，仍然没有停止进攻的步伐。不过，由于大将王翦推病告老还乡，秦王消灭退守辽东的燕国的计划暂时搁浅了。

也就在此时，原来被秦所灭的韩国形势不稳，新郑有韩国人起来造反。昌平君被迁谪到郢城。这年冬天，天降大雪，竟达二尺五寸之厚。

秦王政二十二年（前225），秦王觉得灭亡魏国的时机已经成熟，遂遣大将王贲率师攻打魏国，引汴河之水倒灌魏都大梁。大梁城墙坍塌，魏王假只得向秦师求降。由此，秦国取得了魏国的全部土地，魏国终于亡国。

秦王政二十三年（前224），秦王再次诏令已告老还乡的大将王翦出山，强行起用他为伐楚主将。王翦率师攻占了楚国陈县往南直至平舆县的土地，俘虏了楚王。不久，秦王嬴政巡游来到郢都和陈县。但是，楚将项燕拥立昌平君做了楚王，举帜在淮河以南反秦。

秦王政二十四年（前223），秦王派大将王翦与蒙武往淮南，与项燕领导的反秦楚军作战，最终打败了项燕的军队，昌平君死，项燕自杀。

秦王政二十五年（前222），在消除了楚国后患后，秦王终于又腾出了力量去收拾远遁于辽东的燕国。此次远征辽东，秦王派出的是以前灭亡魏国的大将王贲。王贲不负所托，最终占领了辽东郡，俘获了燕王喜，燕国终于灭亡了。回师途中，王贲又进军代国，俘虏了代王嘉，灭了代国。与此同时，王翦率领的秦国大军在打败项燕的军队后，又平定了楚国长江以南的地方，降服越君，设置了会稽郡。

秦王政二十六年（前221），秦王再派大将王贲率师经由已经占领的燕国往南进攻齐国，俘获了齐王田建。至此，秦王嬴政完成了灭六国，一统天下的伟业。

秦王嬴政称帝后，仍对先前燕太子丹与荆轲谋刺自己的事耿耿于怀，于是全国统一后，乃下令通缉太子丹之客与荆轲的同党。但是，他们皆已亡逸，不知所终。唯高渐离在燕国灭亡后，改名更姓，匿于宋子县一个酒家做佣保。过了很久，因劳作太苦，偷听主人家堂上之客击筑，感慨系之，彷徨不忍离开。每有机会，则总是跟人说：

"主家击筑之客技艺虽佳，然亦有不佳之处。"

有人闻之，立即报告主人道：

"那个佣保也是一个懂得音乐的人，还在背后跟人评论主人之客击筑是非。"

主人非常惊讶，立即召高渐离来见，并令其当场击筑。结果，一座之人皆大为惊骇，称善称妙，为之倾倒。于是，主人赐酒，另眼相待。

高渐离暗自思忖，觉得这样隐姓埋名，为人做苦力，贫贱不能温饱，终究不是个办法，也没有个翻身出头的日子，遂退回寄身之所，取出匣中之筑与旧时所穿的衣裳，恢复原来的容貌，再次上堂。

主人与宾客见之，更是为之惊讶不已，连忙起身下堂与他见礼，并请他上堂分庭抗礼而坐。

当主人与宾客再次请求他击筑时，他敛衽抱筑，边弹边唱，时而为壮声，时而为哀声，在座之人无不为之流涕。从此，主人对他更是敬重，待之为座上宾。

后来，消息传到秦始皇耳中。始皇传令召见，结果有人认出他就是当年荆轲的同党高渐离。始皇久闻其名，又亲听其筑声的高妙，爱其才，遂赦免了他的死罪。但是，令人用烟火熏瞎了他的眼睛。从此，高渐离就被留在秦始皇身边，时常为他击筑。

　　高渐离每次为始皇击筑，始皇听了都非常高兴。慢慢地，始皇放松了警惕，与高渐离日益亲近。

　　高渐离见有机可乘，遂以铅置筑中，利用近距离给始皇击筑的机会，准备谋杀始皇，为太子丹与朋友荆轲报仇。

　　一天，始皇又传召高渐离击筑。高渐离弹得非常投入，始皇听得如痴如醉。高渐离虽然眼睛看不见，但能感觉到始皇当时的状态，遂趁其不备，举筑向始皇砸过去。可惜，砸偏了点，不中始皇。

　　始皇大怒，乃当庭喝令诛杀高渐离。

　　高渐离放声大笑，道：

　　"天不佑我，渐离不能杀竖子！惜乎，太子之耻不雪，荆轲之仇不报！"

　　从此，始皇再也不敢亲近秦国之外的六国之人。

参考文献

一、原著类

1. 司马迁：《史记》

2. 司马光：《资治通鉴》

3. 刘安：《淮南子》

4. 刘向：《战国策》

5. 刘向：《说苑》

6. 韩婴：《韩诗外传》

7. 吕不韦：《吕氏春秋》

8. 无名氏：《燕丹子》

二、注疏考证类

1. ［日］泷川资言：《史记会注考证》，北京：文学古籍刊行社1955年版。

2. ［日］泷川龟太郎、水沢利忠：《史记会注考证》，东京：东京史记会注考证校补刊行会1956年版。

3. 何建章：《战国策注释》，北京：中华书局1990年版。

4. ［日］关修龄：《战国策高注补正》，东京：东京书肆1798年刻本。

5. 巴黎大学北平汉学研究所：《战国策通检》，巴黎：巴黎大学北平汉学研究所1948年版。

6. 刘殿爵、陈方正：《战国策逐字索引》，台北：台湾商务印书馆1992年版。

7. （元）吴师道：《战国策校注》，北京：中华书局1991年版。

8. 陈梦家：《六国纪年》，上海：上海人民出版社 1956 年版。

9. （明）董说：《七国考》，北京：中华书局 1956 年版。

10. 缪文远：《七国考订补》，上海：上海古籍出版社 1987 年版。

11. 赖炎元：《韩诗外传今注今译》，台北：台湾商务印书馆 1972 年版。

12. 陈奇猷：《吕氏春秋校释》，上海：学林出版社 1984 年版。

13. 许维遹：《吕氏春秋集释》，北京：北京市中国书店 1985 年版。

14. 卢元骏：《说苑今注今译》，台北：台湾商务印书馆 1979 年版。

15. 杨树达：《淮南子证闻》，北京：中国科学院 1953 年版。

16. （清）阮元：《十三经注疏》（附校勘记），台北：台湾新文丰出版公司 1978 年版。

17. 国家文物局古文献研究室：《马王堆汉墓帛书》，北京：文物出版社 1980 年版。

三、学术著作、工具书类

1. 杨宽：《战国史》，上海：上海人民出版社 2003 年版。

2. 谭其骧主编：《中国历史地图集》（第一册，原始社会、夏、商、西周、春秋、战国时期），北京：中国地图出版社 1982 年版。

后 记

荆轲其人，是我初中时代就已熟悉的历史人物。从《史记·游侠列传》中读到的荆轲，以及后来从《战国策》、《燕丹子》中读到的荆轲，都给我留下了深刻印象。我的骨子里也是非常喜欢侠客的，对于李白《侠客行》一诗所呈现的侠客形象尤其喜欢。

但是，以侠客为题材，特别是以荆轲为主人公而创作一部长篇历史小说的计划，却始终没有在我的脑海中闪现过。我对武侠小说，其实读的非常少。就是中学时代已经非常流行的金庸等人的武侠小说，我也没有真正读过一部。只是前年，有一次开车出外旅游，我十岁的儿子带了一本金庸的《书剑恩仇录》，我在无所事事的间歇，偶尔翻看了半册。这就是我阅读现代武侠小说的全部阅读经验了。

我之所以长期以来不读武侠小说，这一方面有客观的原因，如考大学，考研究生，拿博士学位，升教授，当博导，做学术研究等，没有时间阅读或研究武侠小说；另一方面，是因为长期从事学术研究，我早已变得非常理性，没有什么读武侠小说、迷武侠小说的激情。也就是说，没有多少主观上的积极性去读武侠小说。

可是，几乎从未阅读过武侠小说的我，如今却动笔写起了武侠小说，这听起来好像是一个天大的笑话。

是的，确实是笑话。不过，这笑话之所以会发生，那并非是无缘无故的，而是有原因的。

2005 年至 2006 年，我在日本京都做客座教授，因有一段空暇，少年时代萌发的创作欲望重新唤起，心愿开始有了实现的机遇。于是，就一口气将两部蓄谋已久的长篇历史小说《远水孤云：说客苏秦》、《冷月飘风：策士张仪》写完了。2009年2月到6月，我应邀到台湾东吴大学做客座教授，住在台北外双溪东吴大学的半山公寓，每日推开门窗就见到外双溪对面近在咫尺的台北故宫博物院，遂又顿时发起千古之幽思，将在日本杀青的长篇历史小说《远水孤云：说客苏秦》、《冷月飘风：策士张仪》拿出来作最后的修改。其实，在此之前我已经修改五次了。2009年6月底，我完成东吴大学客座教授任期，准备回上海前，前往台北重庆南路拜访台湾商务印书馆主编李俊男先生。我在日本做客座教授时就一直与他联络，他是我的一部学术著作《古典小说篇章结构修辞史》的责任编辑。这次相见，主要是谈几部约定的学术著作的交稿日期问题，并送交签好的合同文本。谈到最后，偏了题，说到了历史小说。越谈越投机，最后提到我那时已经修改好的两部历史小说《远水孤云：说客苏秦》、《冷月飘风：策士张仪》，问他台湾商务印书馆有没有出版历史小说的先例。他说没有，但又说也不妨突破惯例。于是，我便将我的创作计划跟他说了，李先生竟然非常感兴趣，并当场给我定了书系的名字《说春秋，道战国》。2011年我的两部历史小说《远水孤云：说客苏秦》、《冷月飘风：策士张仪》由云南人民出版社出版简体字版，2012年这两部历史小说的繁体字版也由台湾商务印书馆在台湾出版发行。接着，李俊男先生来函要我接着写《说春秋，道战国》书系的第二组，并给我指定了所写历史人物，这就是孔子与荆轲，一文一武。

孔子的资料我准备得非常多，写孔子的计划也早在日本就已确定。当李俊男先生来函催促时，《镜花水月：游士孔子》差不多已经脱稿了。但接下来准备要写的另一本却不是这本《易水悲风：刺客荆轲》，而是《澄怀悲情：书生孟子》。因为孔孟是一路人，作为《说春秋，道战国》书系中的同一组人物，最合适不过了。没想到，李俊男先生的思路却出乎我的意料，他竟将孔子与荆轲拉到了一起，使他们二人配对，成为书系中的一组人物。一开始，我有点想不通，但后来仔细一想，觉得这个思路很有创意，孔子是文人，荆轲是武士；孔子是儒者，荆轲是侠士。韩非曾言："儒以文乱法，侠以武犯禁。"正好说的就是这两种人。所以，将孔子与荆轲放在同一组来写，确实是有合理性的。除此，我还想到另一点：孔子是个和平主义者，而荆轲则是一个暴力主义者，这两种不同理念的人物形象放在同一组，不仅可以形成对比，而且有相得益彰的效果。

这样一想，我便愉快地接受了李俊男先生的建议与命题，写完了《镜花水月：游士孔子》后，立即投入到《易水悲风：刺客荆轲》的写作中。因为战国史我非常熟悉，在写《远水孤云：说客苏秦》、《冷月飘风：策士张仪》之前，我已经花了十几年时间研究过战国史。写《易水悲风：刺客荆轲》所要用到的史料，事实上不必费时间再找了。这也是当初李俊男先生建议我写一个书系的原因，可以提高史料利用的效率。除此，还有一个不为人知的原因，也让我愉快地接受了任务。荆轲是侠客，侠客要武打，会涉及武打动作。我少年时代学过武术，还颇有爱好。金庸完全不会武功，他都能写武侠小说，我相信我也行。我喜欢挑战。所以，不妨就此先试一下，以后有机会再好好在此方面发展。当然，荆轲刺秦王是一个历史事件，不能写成普通的武侠小说，所以这本《易水悲风：刺客荆轲》我没有放开手脚写武打场面，而主要专注于铺叙历史事件，写成历史小说。

而今书已写成，到底写得如何？我自己不敢说，就让读者诸君来评判吧。如果觉得还能读下去，那我就深受鼓舞了，今后继续写下去。如果觉得还不行，那我就要继续修行，闭关练功了。

最后，衷心感谢暨南大学出版社破例为我出版长篇历史小说，并且是以一个书系的形式，这是一个多么难得的机会啊！感谢暨南大学出版社领导与人文事业部杜小陆主任的大力支持！感谢许多学界前辈与时贤多年以来对我创作历史小说的关注与支持！感谢在此